AF468871

SENNE

ORAISON FUNEBRE

DE TRÈS HAUTE, TRÈS PUISSANTE

ET TRÈS EXCELLENTE PRINCESSE,

MARIE THÉRESE,

ARCHIDUCHESSE D'AUTRICHE,

IMPÉRATRICE DOUAIRIERE,

REINE DE HONGRIE ET DE BOHEME, &c. &c.

Prononcée dans l'Église de Paris, le 30 Mai 1781,

Par Messire ALEXANDRE AMÉDÉE DE LAUZIERES-THEMINES, Evêque de Blois.

A PARIS,

DE L'IMPRIMERIE DE DIDOT L'AINÉ,

IMPRIMEUR DU CLERGÉ, EN SURV. RUE PAVÉE.

M. DCC. LXXXI.

ORAISON FUNEBRE
DE MARIE THÉRESE,
ARCHIDUCHESSE D'AUTRICHE,
IMPÉRATRICE DOUAIRIERE,
ET REINE APOSTOLIQUE DE HONGRIE ET DE BOHEME.

Cognoſcant quia non eſt Deus niſi tu, & enarrent magnalia tua.

Qu'ils connoiſſent qu'il n'y a point d'autre Dieu que vous, & qu'ils racontent vos grandeurs. Eccli. 36, 2.

MADAME,

Si l'on ne conſidéroit, en entrant dans ce Temple, que la majeſté de l'Aſſemblée, l'appareil des cérémonies, & la pompe du ſpectacle, on ſe rappelleroit peut-être l'ancienne Rome empreſſée de mettre au nombre de ſes Dieux quelque nouvelle Divinité : mais les Céſars chrétiens nous offrent d'autres penſées ; l'on ne voit plus ici que celui qui diſpenſe à ſon gré les ſceptres & les couronnes, & devant qui tout n'eſt que cendre & que pouſſiere. Si dans ces lieux il ſouffre tant de faſte au milieu des ombres de la Mort, ce n'eſt que pour établir ſon empire encore plus ſolemnellement ſur les plus illuſtres victimes, & ſur tous les débris de la grandeur humaine.

RODOLPHE. Voilà mon ſceptre, diſoit un Empereur en montrant la Croix de Jéſus-Chriſt : ce ſceptre, héréditaire dans ſon auguſte Maiſon, fut le plus bel ornement de cette Princeſſe, dernier rejetton de ſon Sang, & objet actuel de nos douleurs. Si nous trouvons ſur la terre les monuments de ſa gloire, nous en chercherons ailleurs les ſolides fondements, parceque tout remonte au Créateur, comme à ſa ſource naturelle, & qu'il revendique expreſſément ſes vertus auſſi-
Iſ. 45. 7. bien que ſon empire : *ego Dominus faciens omnia hæc.* Ainſi nous nous preſſons d'abord d'avertir cette curioſité humaine, qui vient ſans doute pour qu'on la remue & qu'on l'étonne, que nous n'avons rien pour elle : nous puiſons dans des ſources bien différentes notre grandeur & notre immortalité. Ni la guerre, ni la paix, ni tant de trônes glorieux d'être remplis par ſa poſtérité, ni tout ce vain bruit de la renommée, ne ſauroient attacher des oreilles chrétiennes : on ne peut les fixer qu'à la faveur du Dieu qui a été ſa force & ſa lumiere, & qui s'eſt plu à déployer ſa magnificence ſur elle dans les orages, comme dans le calme, au milieu des Souverains de l'Europe, comme dans
Pſ. 85. 6. ſes Etats & dans ſon Palais : *magnificentia in ſanctificatione ejus.*

Les victimes communes & journalieres ne ſont guere remarquées; mais s'il faut quelques grandes chûtes pour vous rendre attentifs, notre miniſtere tombe alors au rang des fonctions profanes, en devenant comme une partie ordinaire des honneurs funebres. On veut toujours qu'il fourniſſe des héros, même ſans annales & ſans matiere, & que l'encens fume de toutes parts : il s'avilit ſans honorer ceux qu'il célebre, car il ne peut s'exercer avec honneur & liberté que lorſqu'il eſt inutile à leur gloire. C'eſt aujourd'hui qu'on peut ſans honte élever la voix pour une Princeſſe qui a illuſtré les faſtes du ſiecle & de la religion, & dont les vertus vous ſont auſſi connues que les titres & les noms.

Quand on n'a que ces titres, ces honneurs, & des vertus équivoques à offrir, on peut déployer les reſſources de l'art & toute cette magnificence, vain ſupplément de la douleur publique : mais lorſque, ſelon le langage du Prophête, les anges de la paix verſent des larmes ameres, que les pauvres & les orphelins demandent des conſolateurs, & que le peuple entier réclame la Mere de la Patrie, n'eſt-elle pas mieux louée dans les cabanes & les places publiques, que dans les Palais & dans nos Temples? Pour deſcendre à la poſtérité L'IMPÉRATRICE n'a beſoin ni des Orateurs, ni du ſecours du marbre ou de l'airain; elle repoſe dans le cœur de ſes ſujets, comme dans un aſyle plus à l'abri des injures du temps. « Un tombeau de gazon, les larmes des « femmes & le ſouvenir des hommes » : voilà comme les anciens Germains honoroient les mânes les plus illuſtres. Ce n'eſt plus ni à l'Autriche, ni à l'Empire, c'eſt au Monde

Is. 33, 7.

Tacit. de Mor. Germ.

qu'elle appartient ; & elle eſt devenue notre héritage commun. Elevez-lui dans votre cœur un monument durable, & ſuppléez notre miniſtere. L'Hiſtoire ſeule pourroit vous la montrer toute entiere, parceque l'Hiſtoire sait s'affranchir de notre fauſſe dignité & de nos froides délicateſſes, pour s'arrêter à des détails ſimples & familiers. Eh ! qui pourroit d'ailleurs, dans les bornes étroites d'un diſcours, preſſer des années ſi riches & ſi pleines? c'eſt un vaſte pays dont on peut à peine vous nommer rapidement les villes principales ; & ſi nous avons deſiré une voix plus accoutumée à célébrer les Héros & les Saints, ce n'étoit ſeulement que pour vous mieux indiquer la matiere féconde de vos recherches & de vos méditations.

I. PARTIE. LORSQUE, ſelon les temps & les routes que Dieu trace aux Empires, Rome, après avoir régné ſur l'univers, ſuccomba ſous ſa propre grandeur, tout périt, juſqu'au nom même d'Empereur. Charlemagne, deſtiné par la Providence à le reſſuſciter, donna à ſa perſonne encore plus qu'à ſes armes un éclat immortel, parcequ'il ne parut triompher que pour policer les vaincus. La Maiſon d'Autriche fournit de bonne heure à l'Empire un Chef qui prépara toutes les voies à ſa poſtérité ; & après que la couronne eut flotté ſur différentes têtes, elle ſe fixa ſur celle d'un Prince héritier de tant de trônes, heureux rival d'un de nos Rois, & pour qui l'univers même ſembla reculer ſes bornes, afin de lui offrir une domination telle qu'on n'en vit jamais dans toute la ſplendeur romaine. Fatigué de tant de couronnes, il fut, en abdiquant, un témoin illuſtre du vuide des grandeurs. L'Empire toutefois ne ſortit point, juſqu'à MARIE THÉRESE, de ſon auguſte Maiſon, qui finit, ou plutôt recommença avec un nouveau luſtre; &, s'il eſt permis par ſon aurore de preſſentir ſes futures deſtinées, la ſplendeur de celle-ci ſurpaſſera celle de la premiere : *magna erit gloria Domûs iſtius noviſſimæ, plus quàm primæ.* Agg. 2. 10.

Quoiqu'une couronne s'embelliſſe de tout l'éclat que peuvent y répandre les ſiecles & la gloire, c'eſt moins par les aïeux que par la puiſſance, que ſe diſtribuent les rangs aux yeux d'une politique humaine : auſſi MARIE THÉRESE ſembloit-elle encore n'avoir qu'à entrer paiſiblement dans le vaſte héritage de ſes Peres; les provinces s'empreſſent de porter leurs hommages, &, des bords du Pô, du Rhin & du Danube, tous ſes ſujets accourent.

Il eſt une Nation qui n'a pour hiſtoire que des révolutions. Ses Maîtres, ne voyant dans ſes privileges que des barrieres, & dans leurs ſujets que des rebelles, n'y commandoient que le glaive à la main. La jeune Archiducheſſe prend des meſures nouvelles pour y rétablir le calme & l'obéiſſance, & y rappelle un langage depuis longtemps oublié : « Si moi, ou quelqu'un de mes ſucceſſeurs, « leur dit-elle, entreprend de violer vos privileges; qu'il « vous ſoit permis, en vertu de cette promeſſe, à vous & « à vos deſcendants, de vous défendre, ſans pouvoir être

Serment d'André, Roi de Hongrie en 1222.

Annal. de Marie Thérese, pag. 11. « traités de rebelles ». Une politique foible & ombrageuse auroit en vain tenté de lui inspirer des serments équivoques & des routes insidieuses : elle soupçonne qu'il y a plus souvent des opprimés que des rebelles, & elle est sûre que la fidélité est dans le cœur de ses sujets, parce-que la justice & la bienfaisance sont dans le sien.

Des traits d'un si mâle caractere & d'une si grande forme annoncent l'avenir, & prédisent tout un regne : une autorité de confiance & de générosité remplit d'énergie & d'amour tous les cœurs, & le pouvoir du Maître s'affermit. La Reine est couronnée à Presbourg au milieu des acclamations ; & le temps découvrira combien de zélés défenseurs elle avoit conquis ce jour-là. Tous ses Etats éprouvent l'influence de sa marche ferme & populaire. Le dernier regne lui a laissé d'illustres accusés ; le sien s'ouvrira par la clémence : elle aime mieux croire au malheur qu'au crime ; & en montant sur le trône il lui est doux d'annoncer qu'elle croit n'avoir que des sujets fideles. Elle n'en aura jamais d'autres : la nature lui a prodigué ces dehors imposants qui disposent à l'obéissance, & elle y a joint une ame & des sentiments qui confirment dans l'amour des devoirs. Quoique le Sage nous avertisse que la beauté est vaine, que les graces sont trompeuses, Dieu prend soin lui-même d'embellir Judith & Esther ; la beauté rend alors la pudeur plus touchante, & la majesté céleste.

Prov. 31. 30.

Jud. 10. 4.

Pourquoi de si beaux jours sont-ils troublés tout-à-coup ! Une de ſes provinces eſt envahie : la crainte ne lui fera pas dégrader la Couronne de ſes Peres, ni acheter des alliances par des démembrements honteux & précipités. Si le Ciel à Molwits lui eût accordé la premiere victoire, il eût impoſé ſilence à toutes les prétentions ; mais il la réſerve à d'autres épreuves, & il a de trop grandes vues ſur elle pour s'en tenir à de légers eſſais. Ce premier revers eſt le ſignal de toutes les attaques. L'Autriche tombe en des mains étrangeres, Vienne eſt menacée, la Reine, forcée de ſortir de ſa Capitale, ſe réfugie chez les ennemis de ſes Peres, &, ſon fils dans ſes bras, elle leur dit dans la langue & l'eſprit des anciens Romains : « Abandonnée par mes amis, pourſuivie par mes ennemis & mes parents, je viens mettre entre vos mains la « fille & le fils de vos Rois : il ne leur reſte que votre « fidélité & votre courage ». Les Hongrois, à ces mots, les larmes aux yeux & le ſabre à la main, répondirent, comme des François : « Mourons pour notre Roi MARIE « THÉRESE ! *Moriamur pro rege noſtro MARIA » THERESIA » !* Ne ſoyez pas étonnés de cette expreſſion ; ils ne voient dans leur Souveraine qu'un Roi, parceque le courage dans cette Nation ne diſtingue pas les ſexes ; & l'Empire ottoman l'a ſouvent éprouvé. En voyant leur jeune Reine à cheval & l'épée royale à la main, ils ont aiſément reconnu une de ces anciennes Germaines à qui leurs époux ne donnoient point ces vains ornements du luxe & de la molleſſe, mais des armes & Tacit. *ibid.*

des courſiers, pour les aſſocier à leurs travaux & à leur gloire. Qu'une Nation, autrefois ſi rebelle, eſt promptement devenue docile & ardente ! La Reine vient d'apprendre à tous ſes ſucceſſeurs qu'il y a plus de reſſources dans la fierté d'un peuple libre, que dans la crainte des eſclaves ; qu'on avoit plus ſouvent occupé ſes ancêtres de leur autorité que de l'amour de leurs ſujets, parceque ceux qui les entourent ont quelquefois plus d'intérêt à les faire obéir qu'à les faire aimer.

Cant 6, 3. L'Eſprit Saint nous repréſente l'Epouſe des Cantiques belle, douce, & cependant terrible comme une armée rangée en bataille : ce n'eſt que de ce moment que je comprends l'aſſemblage de traits ſi différents, & MARIE THÉRESE nous en explique l'harmonie. La beauté qui brille ſur ſon viſage, la douceur qui coule de ſes levres, rendent l'autorité impérieuſe, l'obéiſſance aveugle & le zele intrépide. La même ardeur ſe répand univerſellement ; tous les cœurs ſe réveillent : la veuve d'un héros ſi fatal à la France ſe met à la tête de ſon ſexe pour lui offrir des ſecours plus touchants que ceux que lui apporte la politique des Nations. Ses ſuccès deviendront encore plus rapides que ſes premieres pertes : l'Autriche rentre à ſa Souveraine ; la Boheme touche à ſa délivrance ; & les débris de l'armée ennemie s'échappent ſans gloire & ſans fortune : ſes alliés la ſervent également en Italie & à Dettingen, où les vaincus montrent tant d'ardeur quand la patience ſuffiſoit, & perdent la victoire pour n'avoir

pas

pas voulu l'attendre. Ses armes triomphantes vont ensuite les menacer jusques dans leurs foyers. Elle bénit dans ses succès les faveurs du Ciel, qui dans ses dangers avoit été son asyle.

Epouse tendre & confiante, elle a associé le grand Duc à toutes ses Couronnes ; son cœur ne sera pas tranquille qu'elle ne l'ait fait asseoir sur tous les Trônes de ses Peres. Heureux époux ! digne objet des bénédictions du Ciel ! abandonnez à la femme forte le soin de vos intérêts & de votre gloire : tantôt elle s'armera de force, & tantôt de prudence, pour préparer votre triomphe & remettre entre vos mains le sceptre de l'Empire : *gustavit, & vidit quia bona est negotiatio ejus.* Prov. 31, 18.

Par quelle fatale influence ne peut-elle conserver des Alliés que par des revers ! pourquoi ses succès inspirent-ils des ombrages ! Elle éprouve tout-à-coup des surprises & de nouvelles invasions ; il semble qu'elle ait à redouter une victoire autant qu'une défaite : ses douleurs sont toujours entieres, ses joies ne sont jamais pures.

Les anges de la paix s'occupoient de la faire régner, & la préparoient dans d'autres contrées. Les François ont par-tout des victoires sans fruit, ou quelques retraites honorables après des journées malheureuses : la fortune n'est constamment attachée à leurs drapeaux que lorsqu'ils combattent sous les yeux de leur Roi, qui à chaque succès ne demandoit pas de nouveaux avantages, mais la paix seulement. L'IMPÉRATRICE ne s'étant armée que par néceſſité, & n'ayant pas craint déjà de faire quelques ſacrifices, étoit encore diſpoſée à ſe prêter à tout pour la tranquillité commune : l'amour ſeul de la paix peut la rendre pacifique ; du fond d'un vaſte Empire ſi long-temps inconnu, & arrivé à la hâte au dernier terme de grandeur, il ſort une armée formidable qui doit paroître bientôt dans les Pays-Bas, pour y relever la gloire de MARIE THÉRESE & la confiance de ſes alliés.

La voix de Louis fut enfin entendue de toutes les Puiſſances : il déclare toujours ne vouloir ni dépouilles ni conquêtes, mais ſeulement *faire la paix en Roi*. Des ſentiments ſi généreux découvrent aux yeux de L'IMPÉRATRICE que jamais les feux de l'ambition n'agiterent ſon cœur. Ce ne fut qu'une erreur, un excès de reconnoiſſance pour un ancien allié dont les Peres s'étoient dévoués pour les ſiens ; & la reconnoiſſance eſt, dit-on, une vertu ſi rare parmi les ſimples mortels, qu'elle doit conſacrer juſqu'aux fautes mêmes qu'elle fait faire aux Rois & aux Nations.

Les armées diſparoiſſent, & la terre eſt tranquille. Que la Fortune s'eſt jouée des prévoyances humaines ! En vain un Empereur prend-il les précautions les plus ſolemnelles pour aſſurer ſon héritage, les paſſions & les armes ſont plus fortes que la prudence & les traités. Son ſucceſſeur, devenu Archiduc, Roi, Empereur, multiplioit ſes titres, & perdoit ſes Etats, ſa propre Capitale ; &, mort ſous le vuide de toutes ſes dignités, jamais il ne jouit plus des prééminences d'Empereur, que le jour de ſes funérailles. On vit une Nation effrayée au milieu de ses eaux se donner un Maître par amour de la liberté ; un autre Peuple, exercé à ébranler le trône de ses Rois, repoussoit un jeune Prince, digne sans doute de remonter sur celui de ses Peres par les vertus que le danger & l'infortune avoient dû lui donner. Dans ce tableau MARIE THÉRESE fixe constamment les regards : assaillie de tous côtés par des Ennemis qui combattent contre les loix & leurs engagements, elle a pour elle la nature & le Ciel, qui lui a donné une ame digne de ces périlleuses circonstances ; & ce n'est que pour sa gloire qu'il lui a ménagé tant de dangers. O Femme vraiment forte ! *J'ignore*, disoit-elle au moment d'enfanter, *s'il me restera quelque lieu pour y déposer le fruit de mes entrailles*. Rare & magnifique instruction pour une mere & pour le jeune enfant à qui elle pourra donner cette premiere leçon sur les grandeurs humaines ! Que ces épreuves furent riches & fécondes pour elle & pour ses sujets ! Que de trésors perdus pour une paisible héritiere ! il est si facile, par un beau calme, de se laisser aller sur les fleuves de Babylone ; les rivages sont bordés de fleurs, & tout invite à s'abandonner à des eaux si douces & si coulantes. Dieu ne laisse pas ses favoris languir dans le sommeil ; il se plaît à les jetter sur les théâtres les plus orageux, & c'est au milieu des tempêtes qu'il a fondé leur école. Ne nous plaignons pas même qu'il les traite quelquefois trop rudement : puisqu'il faut au monde des exemples de toutes

les vertus, ne doit-il pas à ſes plus fideles ſerviteurs de les employer dans les moments difficiles? Loin de ſe laiſſer abattre par toutes les Puiſſances de la terre, MARIE THÉRESE s'allioit contre elles avec cette Puiſſance ſupérieure qui pouvoit la rendre invulnérable : mettez-moi, ô mon Dieu! à l'ombre de vos ailes, & que tous les bras s'arment contre moi : *pone me juxta te, & cujuſvis manus*
Job. 17, 3. *pugnet contra me.*

La guerre n'ayant été pour elle qu'une défenſe légitime, elle avoit entrevu dans un Ennemi déſintéreſſé les fondements d'une alliance & d'une paix qui ſeroit, pour leurs Peuples & le Monde entier, un acte de bienfaiſance. L'héritage de Bourgogne & l'Empire étoient les anciennes ſources d'une rivalité. La Politique y eſt accoutumée depuis tant d'années, qu'elle ne verra qu'avec ſurpriſe deux Puiſſances jalouſes ſe tendre une main ſecourable, & faire couler le Rhin entre deux rives pacifiques. Si l'origine de leur rivalité étoit dans leur grandeur, le terme doit en être dans cette grandeur même. L'IMPÉRATRICE trouve ſes États aſſez vaſtes, puiſqu'elle veut les rendre heureux. Qu'on parcoure la France, & qu'on juge ſi elle a beſoin de politique & d'agrandiſſement. Béniſſons notre auguſte Monarque lorſque, trouvant ſans reculer ſes bornes un moyen nouveau d'y élever le premier trône de l'Univers, la confiance & l'amour s'établiſſent ſur la lumiere, & l'art de gouverner ſort tout glorieux de ſes antres obſcurs. Il ne veut plus combattre que pour la cauſe de l'Univers ; c'eſt la Mer qu'il prétend affranchir & purger de ſes uſurpateurs, pour qu'on n'y ait plus d'autres ennemis à rencontrer que les vents & les flots.

Quand l'Autriche paroiſſoit menacer l'Allemagne, la France fut l'Ange tutélaire de ſa liberté qui éleva les colonnes de Weſtphalie, & s'armera toujours contre quiconque voudra les ébranler. Si le temps amene de nouvelles Puiſſances, il commande à la Prudence de nouvelles combinaiſons ; & le Politique du dernier ſiecle eût ceſſé d'abaiſſer un Empire, s'il eût vu s'en élever d'autres qui, ſous des noms différents, pouvoient inſpirer les mêmes craintes. La Saxe eſt envahie, la France eſt inſultée ſur toutes les mers ; cette guerre ne ſuit pas les formes ordinaires, les annonces & les ſolemnités : les Aigles pruſſiennes fondent ſubitement au ſignal de l'Electeur de Brandebourg : le nom de Roi ſembleroit ôter quelque choſe à un Héros fondateur d'une nouvelle Puiſſance déſormais indépendante du génie de ſes Maîtres.

La Fortune, dans tous ſes débuts, n'a donc pour MARIE THÉRESE que des rigueurs. Il n'y a plus qu'un dernier effort de courage pour détourner les maux dont elle & l'Empire ſont menacés. Qui choiſira-t-elle pour aller délivrer Prague ? C'eſt ce Daun, qui va apprendre à Fréderic à ſe défier dorénavant de la victoire : il s'avance avec ſon armée ; comme une citadelle immobile fortifiée de toutes parts ; ſept fois elle eſt attaquée, & ſept fois ſes murs inébranlables repouſſent l'Ennemi.

L'Impératrice apprend, au milieu de la nuit, le ſuccès de ſes armes : elle court ſe proſterner au pied des autels devant celui qui tient dans ſes mains la victoire. Elle ne cherche pas enſuite dans ſes tréſors le prix du ſang & de l'honneur ; la gloire ſeule eſt la fortune des Guerriers. L'eſprit de l'ancienne Rome l'anime : Daun eſt appellé le *Libérateur de l'Empire*, & le nouvel Ordre de Marie Thérеſe ſera la couronne des Héros. C'eſt ſur le champ de bataille, les armes à la main, qu'elle doit s'obtenir : la Renommée la demande, & les rivaux ſeuls ſont les témoins & les juges.

Que l'Hiſtoire vous décrive une guerre ſanglante, dont les détails dans une Chaire chrétienne ne pourroient que renouveller nos gémiſſements. Le Maître de l'Univers a laiſſé mouvoir en liberté les eſprits qui préſident aux tempêtes, & perſonne n'eſt ſimple ſpectateur dans ces cruelles ſcenes : jamais on ne vit plus de drapeaux raſſemblés ; le ſoleil ne ſe leve que pour éclairer des batailles ; eh ! quelles batailles ! vingt-cinq, trente mille hommes tombent dans la même journée ; les Chefs y ſont tour-à-tour Soldats & Capitaines, & ils ſont tous tués ou bleſſés. La nuit à Zorndorff ſuſpend une fureur qui recommence avec le jour : on ne sait ſouvent où eſt le vainqueur ; le prix de la victoire n'eſt qu'un champ couvert de morts & de bleſſés, &, à quelques pas de là, le vaincu à Hoockirchen a l'air encore d'appeller au combat.

Marie Thérеſe avoit ſoin de tout préparer pour

la victoire ; & ſes Généraux n'eurent jamais que l'occaſion à attendre, & la fortune à redouter. Dans les plus grands déſaſtres, après les fatales journées de Prague & de Liſſa, tout le monde conſterné, elle ſeule ne s'occupe plus des pertes que pour les réparer, & les armées nouvelles ſortent ſi promptement de ſes mains, qu'il n'y a qu'elle & l'amour de ſes ſujets qui puiſſent l'expliquer. Ses diſpoſitions ſont ſi ſages, ſes choix ſi juſtes, qu'elle n'a plus enſuite d'ordres à donner, & les Haddick, les Nadaſti, les Laſci font toujours plus que la circonſtance ne paroît le permettre. En effet, qu'ordonner à ce modeſte & vertueux Loudon qu'on n'a jamais vu manquer une occaſion, & qu'on n'a jamais entendu le raconter? s'il eſt trop preſſé par les lenteurs d'un ſiege, les foſſés ſont franchis, les murailles eſcaladées; ſi, au ſortir d'un brouillard épais, il ſe trouve au milieu de toute une armée, il s'emporte impétueuſement des ongles du lion, qui reſte tout étonné d'avoir perdu ſa proie. C'eſt bien là l'eſprit des robuſtes dont nous parle l'Ecriture, qui, comme un tourbillon, renverſe les murailles : *ſpiritus enim robuſtorum quaſi turbo impellens* Iſ. 25, 4.
parietem.

Tant de courage vient toujours de la même ſource ; on diroit que MARIE THÉRESE marche à la tête de ſes armées, & on croit y combattre ſous ſes yeux. Ses ſoldats ſe rappellent l'avoir vue paſſer dans leurs rangs, ſuivre les manœuvres, & ils ont à juſtifier ſur le champ de bataille cette ardeur qu'ils lui témoignoient alors ; ils ſavent que par ſes ſoins leur condition journaliere eſt devenue meilleure, qu'aucune action n'eſt ſans récompenſe, aucun bleſſé ſans aſyle, que les veuves & les orphelins reſtent entre les bras de cette bonne Mere : les ames les plus nobles ont l'ambition de mériter les marques glorieuſes de ſon Ordre; & voilà la ſource des héros. La fortune inconſtante pourra lui refuſer ſes faveurs : malgré les défaites, on voit des retraites ſi fieres, qu'on reconnoît que c'eſt le haſard qui donne la victoire, & qu'elle n'a jamais à craindre ni ſurpriſes ni déroutes honteuſes.

Celui qui préſide dans les Cieux ſemble ne s'occuper qu'à élever & abattre tour-à-tour les choſes humaines, *hu-*
1. Reg. 2, 1. *miliat & ſublevat*. L'ennemi, preſſé de toutes parts, n'a plus de royaume que dans ſon camp, & de ſujets que ſes ſoldats : une victoire ne ſuffit pas à ſes affaires en ruine, il en faut ſur-le-champ une ſeconde, & prendre deux Places coup-ſur-coup; il faut des morts, des révolutions de trône & de politique. Tout cela arrivera dans ſon temps; & lorſque l'aſtre de la Pruſſe ſe couvre d'une ſombre paleur, il touche au moment de ſon plus grand éclat. Dans ces mobiles grandeurs, dans les cedres du Liban battus par des vents ſi variables, reconnoiſſez le Seigneur qui ſe joue ſur la terre : *lu-*
Prov. 8, 3. *dens in orbe terrarum Deus*. MARIE THÉRESE en étoit avertie : malgré toutes ſes veilles, elle ne s'appuyoit ſur ſa prudence que comme ſur un foible roſeau, & après ſes derniers efforts elle ſommoit le Roi des Rois de ſe montrer à
Pſ. 3, 7. ſon tour; *Exurge, ſalvum me fac, Deus*. Elle ſe réfugioit dans

dans cette inaltérable ſécurité qui sait que Dieu éprouve ſans abandonner. Auſſi elle n'étoit ni abattue dans la défaite ni fiere dans la victoire ; parceque, dans l'une, elle ſe rappelloit les reſſources, & dans l'autre, les dangers. Elle laiſſoit paſſer ces événements ſoudains, ces coups bruſques qui tombent au milieu des plans les plus réguliers : tant une longue expérience lui montroit à chaque pas le flux & le reflux des choſes d'ici bas, & que l'honneur de la Fortune conſiſte ſur-tout à marcher contre la prudence & les conſeils, & à tout tenir dans des ébranlements & des chûtes continuels. Le Sage avoit bien obſervé que « les penſées des mortels ſont trem-
« blantes, & leurs prévoyances incertaines ». Que les po- Sap. 9. 14.
litiques & les conquérants viennent donc ici s'humilier ! Oh ! comme la diſcorde traverſe agilement les contrées & les mers ! Des glaces du Tanaïs à celles du Saint-Laurent, aux ſables brûlants du Sénégal, aux rives de l'Indus & du Gange, l'ancien & le nouveau Monde ſont bouleverſés, pour des ſoupçons & des ombrages, & pour quelques limites incertaines dans des pays immenſes & déſerts, où l'on avoit encore tant de ſiecles à vivre ſi au large & en paix.

En voyant la France répandre ſes tréſors & ſes armées au-delà du Rhin, pendant que ſes véritables ennemis étoient au-delà des mers, ce fut pour MARIE THÉRESE un nouveau témoignage, dans cette guerre comme dans la précédente, que la confiance & la généroſité dans nos alliances ſont toujours notre plus cher intérêt.

La victoire peut éblouir une bouillante jeunesse qui s'irrite d'une trop longue paix, & va, comme les enfants d'Israel, chercher au loin les combats & les lauriers :
I. Mac. 5, 57. *faciamus & ipsi nobis nomen.* Faut-il une tempête, le feu ou le bruit du tonnerre, que la terre s'ébranle sur ses fondements, pour émouvoir nos ames ? le fleuve qui embellit tranquillement ses bords, le vent léger qui rafraîchit les airs, la nue bienfaisante qui féconde les champs couverts de troupeaux & de moissons, étoient pour Marie Thérese le tableau le plus touchant. S'il vous falloit un Conquérant, rassasiez-vous donc pour la derniere fois, cherchez les noms les plus fameux depuis un Tamerlan jusqu'aux Césars & aux Alexandres. L'effroi & la victoire suivoient toujours leurs pas ; que d'assauts, de batailles & de matiere pour remplir des annales ! l'enfer même, dit l'Ecri-
Is. 14, 9. ture, tremble à leur arrivée. Si le Ciel n'eût pas affligé la terre de ces fléaux dévorants, que de villes debout ! que de générations sur pied ! Ah ! voyez donc tout ce qu'il faut pour l'entretien de vos héros ! quelle ruine de choses, & quelle consommation du genre humain !

Marie Thérese dépouilloit la victoire de ses traits brillants, pour la considérer sous sa forme naturelle, toute dégouttante de sang & de carnage. Elle ne s'occupoit que de réparer les maux de la guerre ou de les prévenir. Un Roi des Romains la rassure sur la succession à l'Empire ; les alliances vont se resserrer par des nœuds multipliés ; elle va envoyer de nouveaux maîtres à la Toscane destinée à reproduire cette ancienne Egypte où l'on alloit étudier les loix & la sageſſe. Pendant qu'on ſe livre à la joie innocente & aux fêtes, l'Empereur eſt mort : un coup ſoudain le frappe, tel que la foudre qui tombe ſans éclair.

Puiſque le temps nous preſſe, & que nous ſuccombons déjà ſous la grandeur de notre ſujet, nous nous contentons de vous dire avec l'Ecriture, que la femme forte eſt une de ces récompenſes que le Ciel réſerve toujours à un de ſes favoris, dont le plus bel éloge ſera dans le deuil profond & conſtant de la veuve, *vraiment veuve* ſelon l'eſprit de l'Apôtre. O vous qui m'écoutez, rappellez-vous le jour où vous perdîtes l'objet le plus cher à votre cœur; chaque inſtant du reſte de ſa vie eſt ce jour-là. Tendres parents, amis ſinceres, époux fideles, qui paroiſſez ſi inquiets à l'abſence la plus légere, parlez ici : vos cœurs troublés pourroient-ils ſoutenir l'effroi d'un adieu éternel? Quoi, pour toujours! Laiſſons à la ſageſſe du ſiecle cette barbare fermeté : les ames ſenſibles comme celle de MARIE THÉRESE ſont toujours religieuſes ; & les penſées ſalutaires de la mort les portent vers le Ciel comme dans le port deſirable où tous les Juſtes, ô mon Dieu, doivent ſe réunir dans vos bras.

Eccli. 26, 3.

I. Tim. 5, 3.

Les conſolations humaines & les maximes des Sages aigriſſent les douleurs; le Ciel ſeul renferme le remede. Le lieu de la cruelle ſéparation devient un temple où de jeunes Vierges conſacreront leurs voix ; le jour fatal ſera pour MARIE THÉRESE un jour ſolitaire deſtiné à nos

Tabernacles, où Jésus-Christ essuiera ses larmes. Elle ne quitte plus les livrées lugubres de la mort; elle prépare de ses propres mains le dernier & funebre vêtement ; son tombeau est déjà auprès de celui de l'Empereur; elle va en repaître ses yeux, comme un voyageur impatient d'arriver à son terme. Sur les traces illustres d'un de ses Aïeux, sa douleur la pressoit de dépouiller tous les soins étrangers pour descendre dans le tombeau, & y attendre d'avance le moment; mais son peuple a encore besoin d'elle, & lui fait un devoir de porter ses chaînes jusqu'au dernier instant.

Son cœur n'est-il pas assez exercé? qu'a-t-il à attendre après ces blessures profondes, après les coups de la fortune, les injustices des guerres & des nations? Il lui reste encore les injustices, plus cruelles à ses yeux, de l'opinion & des jugements humains. Il s'éleve un nouveau genre d'agrandissements pacifiques, de dépouilles sans combats, & d'arbitres conquérants. Les convenances privées font-elles le droit public? la fortune justifie-t-elle les armes? & les entreprises malheureuses sont-elles les seules injustes? la prudence du siecle suffit pour résoudre de pareilles questions. Mais quand la justice est isolée, qu'elle n'offre qu'une résistance inutile, & devient une vertu périlleuse, peut-elle, pour balancer des agrandissements funestes, & éloigner tout danger des frontieres, se prêter à la nécessité? la Chaire de Jésus-Christ, fondée sur les dangers, ne connoît qu'une nécessité; c'est la loi impérieuſe de la Juſtice : il a toujours été de la glorieuſe deſtinée de ſes Diſciples de lutter ſeuls contre tous les torrents, &, la Croix à la main, de tenir ferme au milieu des ruines.

Pour pénétrer avec sûreté dans le myſtere de ces révolutions, il faut nous élever, non pas au droit privé, mais au droit public de toutes les Nations. Puiſque la balance du monde, dont on nous parle ſi ſouvent, ſe trouve entre leurs mains, ſi elles ont vu un Peuple, ou plutôt des Chefs, car là il n'y a pas de Peuple, toujours agités par des paſſions étrangeres, & que le ſang ne s'y répandoit que pour des factions, ſans aucun intérêt commun & populaire, elles ont pris en pitié les victimes, & approuvé les libérateurs qui venoient briſer les chaînes des eſclaves pour les rendre heureux & citoyens. Ce ſont alors les Nations qui diſtribuent les titres légitimes, & leur ſilence eſt devenu la loi.

Tels ſont les fondements de notre ſécurité ; car ſi le ſiecle ne blâme rien dans ſes Héros, nous ſommes plus difficiles pour les nôtres : nous euſſions avoué clairement qu'il ſe trouve dans les plus belles vies des paſſages à abandonner, & que les ſuccès les plus éclatants ne ſont ſouvent pour nous que les fautes les plus déplorables.

On ne peut voir cette ſcene du monde dans ſon vrai jour, qu'en l'obſervant aux clartés évangéliques avec Ma-

RIE THÉRESE. Les Puiſſances de la Terre ne ſont pour elle que l'inſtrument d'une force ſupérieure pour nous entretenir dans l'inſtabilité des choſes humaines ; elle avoit appris dans les Annales de l'Univers, qu'il n'eſt pas plus à l'abri que ſes habitants, & qu'ils ont leurs déſolations communes : ici la terre & les mers engloutiſſent un pays ; là, elles enfantent, pour ainſi dire, de nouvelles contrées. Que de Villes, de Peuples & d'Empires ont diſparu ! les noms, les lieux mêmes ne ſe retrouvent plus. Elle ne cherchoit point ſur la terre le fil des affaires d'ici-bas ; elle montoit plus haut : c'eſt le ſouverain Maître, qui aſſez long-temps a ſouffert un ordre de choſes, & qui a beſoin d'une contrée, d'une nation, pour de nouveaux emplois. Que les Empires s'agitent & s'agrandiſſent en attendant que leur moment arrive ; ils ne font que préparer de plus grands éclats de ſouveraineté ; & la
Jer. 50, 23. Providence finit ſouvent, ſelon l'expreſſion du Prophête, par briſer les marteaux dont elle s'eſt ſervie pour frapper les Nations.

Ce ſpectacle tenoit l'IMPÉRATRICE dans le calme ; & la Fortune n'étoit ni aſſez forte ni aſſez magnifique pour l'abattre ou pour la ſéduire. Qui pourroit ſoupçonner cette grande ame de l'ambition étroite de quelques Provinces, lorſque de faciles & de vaſtes conquêtes ſe préſentoient à elle ? les murs de ſa Capitale & ſes frontieres teintes encore d'un ſang impur, la provoquoient aſſez à refouler, vers les forêts & les antres qui les vomirent, des Barbares qui professent le mépris des lumieres & des autres Nations. Elle n'écoute ni l'occasion ni la fortune contre la foi des traités ; & le Divan consterné lui devra son repos. Pendant qu'il reçoit la paix de ses mains, elle la voit s'éloigner de ses propres Etats, & elle est réservée à de nouveaux dangers.

C'est l'Empire & l'Empereur, le chef & les membres, dont la discorde voudroit altérer l'harmonie : l'un réclame les droits de sa couronne ; l'autre ses loix & sa constitution. La Germanie & les anciens Germains se retrouvent encore ; Rome dans toute sa puissance les avoit plutôt combattus que subjugués, &, lorsqu'ils sortirent de leurs foyers, ils la firent trembler jusques dans le Capitole. Long-temps ils lui vendirent son repos, &, se débordant enfin des rives du Danube & du Pont-Euxin jusqu'à celles de la Seine & du Tibre, ils renverserent cette grandeur romaine, & fonderent de ses débris tant de nouveaux royaumes. Charlemagne releva une couronne abandonnée : son sceptre, trop pesant pour ses successeurs, échappa de leurs mains, & n'offrit plus qu'un vain titre & des ennemis. Fatale division du sacerdoce & de l'empire, d'où fleurit cependant le germe des franchises & de la commune liberté! Des Souverains ne veulent qu'un chef & point de maîtres : l'Empire faisoit consister sa grandeur dans la foiblesse de l'Empereur ; & s'il a vu autrefois dans cette foiblesse un titre de préférence, il en a trouvé un dans la Puisſance autrichienne, lorſqu'elle lui eſt devenue un rempart néceſſaire. Les Céſars n'ont de puiſſance ſur le trône que celle qu'ils y portent, & ils n'y trouvent que des honneurs & des droits toujours ſurveillés ; les diſcuſſions précedent les combats, & les prétentions s'agitent parmi les politiques avant d'être traitées ſur les champs de bataille.

On vit s'avancer deux Guerriers : l'un eſt le maître de la guerre & de la victoire ; l'autre eſt né dans les combats. Il fit avec ſa courageuſe mere ſes premieres campagnes, & il étoit dans ſes bras l'étendard de ſes fideles ſujets. S'il n'eſt pas effrayé d'un front couvert de tant de lauriers, c'eſt le génie ſeul, qui eſt né tout armé, qui le raſſure. Joſeph ſortit de cette campagne infatigable ſoldat, expérimenté capitaine ; & s'il n'eſt pas le Héros du Nord, du moins il en eſt le rival.

Que cette gloire coûte cher au cœur de Marie Thérese ! elle qui avoit expoſé ſon repos & ſa vie pour défendre ſon fils, ne connoît plus de calme quand elle le sait dans les dangers, & plus il montre de courage, plus il augmente ſes alarmes. Quelle joie pour elle de voir de pacifiques médiateurs diſſiper les nuages ! Puiſque l'Autriche, ſans déſaſtre ni terreur, met tant de prix à la paix & à ſes douceurs, l'ambition n'a jamais ſoufflé ſes vapeurs malignes, & l'amour ſeul de la juſtice l'a toujours animée. Dans des contrées où les droits & les conſtitutions ont eu le malheur de devenir une ſcience profonde, la vérité peut dans ces labyrinthes échapper quelque temps aux plus habiles.

habiles. L'Empire reconnut que les bornes de Weſtphalie reſtoient immobiles & ſacrées, & que la France étoit toujours également zélée pour les faire reſpecter.

Puiſſions-nous voir s'accomplir pour la tranquillité du monde, un vœu cher au cœur de MARIE THÉRESE : que les médiateurs qui arrêtent la fureur des combats s'empreſſent encore plus de les prévenir ! Si nous gémiſſons ſur l'égarement de nos aïeux, qui ne connoiſſoient dans leurs querelles privées d'autre tribunal qu'un champ clos & leurs armes ; puiſſe la poſtérité encore moins comprendre que les armées aient été les arbitres des Rois ! & puiſſe l'univers leur donner des Juges comme ils en donnent eux-mêmes à leurs ſujets ! Soyez tranquille, ô MARIE THÉRESE ! la paix de l'Empire eſt aſſurée. En peu de temps Céſar en a fait aſſez pour être conquérant : comme il peut déſormais dédaigner les triomphes, il ne lui reſte plus que d'être pacificateur. Les Conquérants frappent la terre de ſtérilité, les Pacifiques la couvrent de verdure. Que de villes à reſſuſciter de leurs cendres, de déſerts à convertir en plaines fertiles, & de colonies, qui vont ailleurs chercher un nouveau ciel & une nouvelle patrie, à appeller ſous la douceur de ſes loix ! Réjouiſſez vous, ô trop heureuſe mere ! votre fils eſt digne de vous ; vous lui avez appris à ne pas redouter les dangers, mais à n'eſtimer que les lauriers qu'on peut dépoſer ſur nos autels. Si l'on reconnoît votre ſang à la tête des armées, c'eſt encore plus au milieu de la paix & de votre peuple qu'il faut marcher ſur vos traces, & il voudra tous les jours, utile conquérant, remporter, à votre exemple, de bienfaisantes victoires sur la barbarie & la stérilité.

II. PARTIE. NOUS voyons dans les saintes Écritures, que le Maître de l'Univers s'appelle quelquefois le Dieu des armées & des combats, qu'à sa voix les cedres se brisent, les montagnes s'évanouissent en fumée & les mers épouvantées s'enfuient; ces titres-là sont passagers, & ne paroissent que pour effrayer un peuple grossier : mais quand il veut prendre ses noms & ses qualités propres & naturelles, c'est le Dieu de la Sagesse & des Conseils, le Dieu des Justices & des Miséricordes, le Libérateur, le Prince de la paix, & il déclare expressément qu'il n'est le Roi de la gloire, que parcequ'il est le Roi de toutes les vertus : *Dominus virtutum ipse est Rex gloriæ.* (Ps. 23, 10.)

Dans les triomphes de la guerre & de la politique on trouve souvent peu de chose pour les Nations; l'Autriche & l'Empire n'eussent jamais manqué de Maître : les œuvres seules de la paix peuvent leur faire distinguer leur Souverain. Si vous avez vu l'IMPÉRATRICE triomphante, c'est sous un nom plus cher que nous avons à vous la présenter, sous celui de MERE DE LA PATRIE. Son Peuple nous y autorise, parceque lui seul a pu, sans flatterie, la décorer d'un si beau titre.

Le Dieu qui a été sa force dans les dangers sera encore ici sa ressource, & il est riche pour toutes les circonstances.

En montant ſur le trône, elle déploie une ſcience que des efforts d'eſprit & de longues expériences n'ont pu lui donner : il faut ſans doute qu'elle ait trouvé une doctrine ancienne, une route toute frayée. En effet elle puiſe ſes lumieres dans la même ſource que le Prophete Roi : « Votre parole, ô mon Dieu, guide mes pas, & les vieil« lards ne m'ont rien appris, parceque j'ai cherché vos « commandements : *ſuper ſenes intellexi, quia mandata tua quæſivi.* Pſ. 118, 100.

Pour connoître la terre, elle éleve ſes regards vers les Cieux. Le ſpectacle harmonieux de l'Univers lui annonce ſon auteur ; elle voit les Mondes ſuſpendus au pied de ſon trône éternel. Tout s'enchaîne à ſes yeux, tout eſt ordre & providence, parceque le Ciel eſt le terme, & la terre le paſſage. Un Dieu eſt préſent aux penſées comme aux actions ; il aſſortit tous les caracteres, & fait un heureux emploi de toutes les paſſions, parcequ'il ne veut ni voluptueux ni inſenſibles ; il a des ſecours pour les foibles, des miſéricordes pour les remords, & des vengeances pour les rebelles : tous les biens & les honneurs ſont des inſtruments ; les amertumes de la vie, des épreuves utiles, & ſes douceurs, de légers rafraîchiſſements des voyageurs.

Comme l'objet unique eſt de marcher & d'arriver ; au milieu de cette mer des opinions humaines ſi fameuſe en naufrages, elle apperçoit clairement l'étoile ſalutaire : le flambeau de l'Egliſe ne laiſſe pas diſſiper dans de vaines ſpéculations & d'interminables diſputes ce court inſtant de la vie. Après quelques traits de lumiere, Dieu a jetté un voile sur tout le reste : cette terre n'est pas le séjour de la pleine & entiere vérité ; la mort seule doit la découvrir, lorsque les ténebres se changent en clartés, & que l'éternité prend la place du temps.

Voilà le plan, suivi dans ses détails, magnifique dans son dénouement, qui a fixé les regards de MARIE THÉRESE. Lorsqu'elle connoît Dieu, elle se connoît elle-même; & celui par qui les Rois regnent & les Législateurs gouvernent justement, lui découvre les véritables fondements de l'autorité & de l'obéissance. Dans le berceau & dans le tombeau, elle entend le cri de la nature & de la fraternité universelle. Si, pour la marche & le mouvement des sociétés, la Providence a établi des distances, des rangs, & lui a réservé un grand rôle à jouer sur le théâtre du monde ; par un juste retour, les Riches & les Puissants ont reçu ordre précis du Ciel de combler les intervalles : & il luira ce jour où la vertu seule aura les franchises & les couronnes.

Puisque son regne est assis sur de pareils fondements, le dernier instant coulera du premier : tout devient fort, consistant, roule sur les mêmes principes ; & dans une pleine correspondance, tout le monde obéit, & personne ne commande, parceque l'ordre éternel, la Religion & Dieu président.

Elle n'a plus, pour remplir sa sublime vocation, qu'à
Ps. 71, 1. suivre ce que David demandoit pour lui & pour son fils

Salomon, comme l'unique vœu de ſon cœur, ce que la Reine de Saba vint admirer des extrémités de l'Orient, & ce que Dieu recommande ſi poſitivement aux Maîtres de la terre, l'amour de la juſtice : *diligite juſtitiam, qui judicatis terram.* Tout eſt rempli par là. Auſſi MARIE THÉRESE en prend-elle l'engagement en montant ſur le trône : on lit dans toutes les inſcriptions & on entend retentir de tous côtés, JUSTICE & CLÉMENCE, *juſtitia & clementia.* Sap. 1, 1.

L'uſage de ſon pouvoir eſt ce qui l'agrandit : elle annonce des conſeils & des regles ; & alors l'obéiſſance ne connoît plus de bornes. Se déclarer ſoumis aux Loix & à la Juſtice eſt un ſentiment digne de la Majeſté, diſoit-elle avec un illuſtre Empereur : elle n'entend pas un reſpect aveugle pour la barbarie conſacrée par le temps, mais une juſtice éternelle, ſouveraine, qui ſait remonter aux ſources. Elle voudroit rompre toutes les chaînes des eſclaves : ſon cœur ſenſible ne peut voir des hommes condamnés à ſemer & à ne jamais recueillir ; ſi elle gémit des obſtacles que ſon pouvoir rencontre pour rendre à la nature ſes droits dans toute leur plénitude, elle la venge du moins des loix atroces des forêts, qui dégradent tous ceux qui les ont faites, puiſque, pour leurs délaſſements, ils avoient mis de vils animaux au-deſſus de leurs ſemblables. THÉODOSE.

Elle fraie à la Juſtice des voies larges, courtes & lumineuſes, pour que l'aſyle de l'opprimé ne devienne pas

l'écueil de ſa patience & la conſommation de ſa ruine. Elle veille pour défendre ſes ſujets contre les charges publiques. Elle n'a pu ſoutenir le fardeau de la guerre ſans les appeller à ſon ſecours, parcequ'elle n'a ni faſte à retrancher, ni ruiſſeaux égarés à rappeller à leur ſource : mais, à la paix, ſa preſſante ſollicitude eſt de la leur faire goûter toute entiere. Après avoir meſuré les revenus & les dépenſes indiſpenſables pour ſe renfermer dans les bornes d'une juſte balance, ici elle ſupprime un impôt inutile, là, elle en modere un néceſſaire ; tantôt c'eſt l'objet en lui-même, tantôt ſes formes plus ameres encore, & les rigueurs publicaines, qu'elle réprime. La ſubſtance de ſes ſujets n'entroit point dans le tréſor public couverte de leurs larmes, & l'on entendit ſouvent renouveller cet ancien éloge, « Que
Plin. Paneg. « jamais le fiſc ne perdit plus de cauſes, que ſous un bon « Prince. »

Les déſerts ſe transforment à ſa voix, & les plaines ſtériles de Téméſwar ſe couvrent de moiſſons & de nouvelles colonies. Pour donner à la terre toute ſa fécondité, & au commerce toute ſon induſtrie, elle briſe les entraves qui engourdiſſent l'activité & mettent la pauvreté au milieu de l'abondance ; pour que tout fleuriſſe, que tout ſe communique, les routes, les canaux & les fleuves ſe préſentent de toutes parts. Charlemagne n'a pas voulu en vain réunir les deux mers ; elle porte ſes regards plus loin, les Aigles Impériales vont répandre le nom & la gloire de MARIE THÉRESE, & lui rapportent les tréſors de l'Arabie & des Indes.

Rien ne lui échappe, & les plus petits détails s'agrandiſſent à ſes yeux lorſque le Peuple en eſt l'objet. Elle ne veut pas qu'il ait droit de ſe plaindre un jour, au tribunal du ſouverain Arbitre, de quelque bien qu'on auroit négligé de lui faire, parcequ'elle sait que le ſoin de gouverner n'eſt ni une faveur ni une récompenſe, mais une fonction pénible; & que la Providence ſe ſeroit égarée dans ſes voies, ſi elle eût dévoué le genre humain aux caprices ou à l'indifférence de ſes Maîtres. Elle a vu de bonne heure que le nom de Roi & de Chef eſt, dans le langage de l'Ecriture, un nom de Pere & de Paſteur. Ni le politique avec ſes profondeurs, ni le conquérant avec ſon tonnerre, ne ſont l'image de la Divinité, mais bien le populaire, le bienfaiſant; & tout pouvoir, dans ſon ſens naturel, n'eſt que la puiſſance de bien faire : *Imago Dei homo benefaciens*. S. Clem. l. 2 Strom.

Rappellez-vous que, dès l'entrée de ce diſcours, nous nous ſommes emparés pour le Ciel, de tous les événements de ſon regne & de toutes ſes vertus; &, graces immortelles à Dieu! nous n'avons eu aucune violence à leur faire. On entend retentir de nos jours des expreſſions, des maximes pompeuſes de bienfaiſance & d'humanité; le cœur ſenſible & le ton attendri ſont ſur-tout l'air & la prétention du ſiecle : nous avouons franchement que tout cela ne nous appartient point; la Religion ne réclame que ſon bien, & lui donne les titres convenables. Ce ne ſont pas ces effuſions vagues, ces émotions de théâtre, & ce froid enthou-

siasme des discoureurs & des sociétés au milieu du luxe & des frivolités, qui portent par-tout d'utiles & d'abondants secours; c'est la fille du Ciel, la Justice, ou plutôt
1. Cor. 13. l'universelle Charité, dont l'Apôtre nous a tracé les traits. Dans les simples sujets, elle soulage un pauvre, console un affligé, tient un orphelin dans ses bras : mais dans MARIE THÉRESE elle prend un plus grand caractere, & devient aussi vaste que ses Etats, elle agit en Souveraine, & c'est Jésus-Christ qui parle par sa bouche : J'ai pitié de cette
Marc. 8, 2. foule : *misereor super turbam.* L'industrie affranchie, des circulations libres, des impôts remis ou modérés, d'abondants secours en des temps de disette, voilà comme elle fait ses largesses. Elle peut être trompée dans quelques circonstances particulieres; mais quand il s'agit de son Peuple, elle s'abandonne, & ne craint ni les surprises ni les ingrats.

Ses entrailles n'étoient pas pour cela insensibles dans les rencontres à un tableau touchant: « Eh! qu'ai-je fait, « dit-elle, pour qu'un tel malheur arrive sous mes yeux! » Elle craint seulement qu'il ne soit son ouvrage, parcequ'en effet ce sont les loix & les édits qui font les riches & les pauvres. Dans les choses soudaines, son sentiment n'est pas toujours précédé d'une froide discussion, & les larmes n'attendent point des ordres pour couler. Qu'une jeune Princesse, émue d'un accident arrivé sous ses yeux, essuie les pleurs d'une veuve en y mêlant les siens; qu'elle ouvre les prisons à des peres malheureux qu'on punit pour ainsi

dire

dire de la fécondité de leurs épouſes, hélas! le ſouvenir nous en attendrit encore, nous reconnoiſſons à ces traits le ſang de MARIE THÉRESE : la bienfaiſance d'Eſther sait encore prendre un plus grand eſſor pour s'occuper du Peuple tout entier, lorſque le ſage Aſſuérus prête une oreille attentive à tout ce qui intéreſſe la proſpérité de ſon Empire.

Les graces, les attraits touchants, les manieres aimables de MARIE THÉRESE ne font que le charme de ſa Cour & de tous ceux qui l'entourent; mais les extrémités de l'Empire, les ſujets obſcurs qui ne la verront jamais, ont beſoin de ſes vertus : nous les trouvons toutes dans ſa Juſtice. Vous avez peut-être été étonnés de nous entendre donner à cette vertu le nom de Charité, & de lui voir verſer des larmes : voici comment en peu de mots s'expliquoit à Carthage cette haute théologie : « La Juſtice n'eſt que l'exercice de la « bonté, & tous ſes actes ſont des ſources de bienfaiſan- « ce ». *Omne juſtitiæ opus procuratio bonitatis eſt.* Vous ne vous la repréſentez qu'avec un glaive & des regards ſéveres : nous ſeuls l'avons armée; d'elle-même elle eſt ſenſible, prévenante. Quoi de plus doux & de plus tendre que de voler au ſecours de l'opprimé & d'aſſurer à chacun ſes véritables droits? Le pardon des coupables vous touche : aveugle miſéricorde! écoutez les cris des malheureux, voyez leurs dépouilles, le ſang innocent qui fume encore. Ah! c'eſt la Charité qui prend le glaive en main, & frappe pour la Juſtice. Comprenez maintenant pourquoi l'Ecriture la fait marcher avec la Miſéricorde & la Paix comme ſes

Tertull. l. 2. Contra Marcion. n. 13.

compagnes inséparables. La clémence, telle que la rosée bienfaisante du soir, tempéroit les droits & les rigueurs : MARIE THÉRESE punit, sans jamais se venger, & heureux qui n'a offensé que sa personne ! Elle voit avec plaisir qu'on lui excuse ou qu'on lui dissimule les foiblesses & les fautes légeres ; elle se paie de regrets, de desirs de mieux faire ; &, dès que l'honneur & l'ordre public ne sont point outragés, les coupables ont de grandes ressources dans ce cœur livré à Jésus-Christ & tout rempli de ses miséricordes.

Ps. 71, 7. Quand la Justice, selon le Prophete, se leve avec l'Abondance comme un soleil brillant, la prospérité repose sur les mœurs comme sur ses bases naturelles ; & puisque les loix font aux yeux de MARIE THÉRESE les riches & les pauvres, nous ajoutons encore qu'elles font souvent les vertus & les crimes. C'étoit à elle à préparer le regne de Jésus-Christ, à rendre ses voies droites & ses sentiers faciles ; & elle sentoit toute la stérilité des veilles des Ministres de l'Eglise, lorsqu'ils prescrivent l'obéissance & la fidélité à ceux que l'on dépouille, que mille assujettissements onéreux exposent à chaque instant à être prévaricateurs, & lorsqu'ils les invitent à l'amour de leur Maître, si son nom ne rappelle que des charges & des terreurs. Puissions-nous voir bannir de l'univers tous les crimes qui lui sont étrangers, & ces loix & ces usages qui sont des arrêts de mort & de corruption ! Puissent tous les législateurs travailler chaque jour, comme l'Impératrice, à mettre dans un juſte équilibre l'autorité & l'obéiſſance, les délits & les peines! Que d'échaffauds à bas! que de priſons inutiles ! Il ne reſteroit plus que cette nature humaine, foible, mais protégée ; & Dieu ſe chargeroit de la réformer, ou de lui pardonner.

Dans ces vues ſages & religieuſes, elle vouloit ôter le deſir avec l'intérêt de mal faire. Le meurtre de quelques animaux deſtructeurs n'eſt plus un crime capital, les ſupplices des déſerteurs ſe convertiſſent en châtiment, les mœurs s'établiſſent au milieu des armées, & les ſoldats deviennent des peres de famille ; enfin tous les devoirs tendent à ſe réduire à leur nombre & à leur poids naturels. Tout ce qui concourt avec ſes vues maternelles devient un talent protégé, une ſcience publique, & ſur tous les objets elle anime d'utiles recherches, de ſages conférences ; les chaires, les colleges, les bibliotheques s'ouvrent de toutes parts : elle s'occupe des villes, & d'aſyles pour les jeunes vierges & la jeune Nobleſſe. Tous les Ordres & tous les lieux l'intéreſſant à la fois, elle veut, à l'exemple d'un ſaint Roi de Juda, que la lumiere ſe ré- 2. Par. 17, 9.
pande également dans les campagnes. Elle apperçoit encore les traces d'anciennes révolutions dans un aveugle fanatiſme, & ne trouve tous les fondements de la tranquillité publique que dans la concorde & l'unité de l'Egliſe. Elle partage les gémiſſements de cette bonne mere, & envoie des Miniſtres zélés vers ſes enfants qui ont abandonné, pour une doctrine terreſtre & des Doc-

teurs ſans aïeux, une honorable & légitime deſcendance, & foulent ſans reſpect les cendres anciennes & catholiques de leurs premiers parents. O enfants dénaturés! pourquoi déchirez-vous le ſein de votre mere? n'abandonnez pas le berceau où vous fûtes nourris. Si vous avez quelques plaintes à faire, les ſchiſmes & les troubles ne furent jamais un remede: ne peut-on purifier la maiſon qu'en y mettant le feu? « Rentrez dans le camp comme « de fideles ſoldats de Jéſus-Chriſt avec votre Capitaine, « afin de pourvoir d'un commun avis aux choſes néceſ- « ſaires. »

S. Cypr. ad Conſeſſ. rom.

C'eſt donc ſon peuple qui l'occupe toujours: il ſe trouve par-tout, juſques dans ſes fêtes & ſes plaiſirs; tous les événements, ſon heureuſe fécondité (ah! que ce mot réveille dans nos cœurs les douces eſpérances que le Ciel nous donne dans ce moment pour la poſtérité & le trône de nos rois!), ſon heureuſe fécondité, ſes maladies même, ſont autant d'occaſions de bienfaits. La tendreſſe maternelle l'a expoſée à une contagion funeſte, avec ce courage qui, ſous vos yeux, fit courir avec joie les mêmes dangers à la piété filiale. Son peuple a vu avec tant de tranſport le Ciel lui conſerver la MERE DE LA PATRIE, qu'elle veut à ſon tour lui témoigner ſa reconnoiſſance, & même aux générations futures, en les préſervant d'un fléau qui n'eſt plus effrayant quand on veut le recevoir de l'art, plutôt que l'attendre de la nature. Des hôpitaux s'élevent, où elle ſuit elle-même les effais & les progrès ; & elle confacre fes heureufes conquêtes par une fête où tous les convalefcents font fervis de fes mains & de celles de la Famille Impériale. Banquet augufte ! réjouiffance vraiment publique ! Elle ne veut aucune de ces joies où fon peuple ne feroit pour rien : triftes & redoutables fêtes qu'il ne connoît que par les tributs deftinés à les payer ! Ainfi, felon l'efprit qui préfide à la bienfaifance, vous voyez un fleuve majeftueux qui dans de grands canaux fertilife les campagnes, ou bien un torrent qui fe perd dans des gouffres.

Elle croyoit n'avoir aucune grace à faire, mais feulement des juftices. Effort d'autant plus généreux, qu'elle regardoit la libéralité comme un délaffement de toutes fes fatigues : « elle feule, difoit-elle dès fes premiers ans, « peut faire fupporter le poids d'une couronne » ; & toutes les fois qu'on avoit une demande à lui faire, fon premier fentiment étoit de s'humilier devant la Providence, « qui « l'avoit préférée pour accorder, & obligeoit les autres « à folliciter » : il lui paroiffoit fi doux de ne faire éprouver de refus à perfonne ! La juftice réprimoit enfuite ce premier mouvement, lui rappelloit que le peuple eft la fource du tréfor public, & qu'une grande fortune eft fouvent la fubftance de toute une province. En donnant à la libéralité fes regles & fa lumiere, elle n'ôtoit point à fa couronne fon éclat & fes privileges ; elle la délivroit au contraire des importunités & des aveugles profufions : loin d'affoiblir le nerf du gouvernement & de l'autorité, elle lui ajoutoit une nouvelle vigueur, parceque la prodigalité ne fait que des ingrats, toujours pressés d'oublier l'histoire tout au moins inutile de leur fortune. La justice seule est la source pure de la reconnoissance, parceque l'estime qu'on fait de soi, ou rejette les récompenses, ou n'oublie jamais celles qui rappellent les services.

N'attendez pas des traits épars & particuliers; c'est une vie toute bienfaisante & toute populaire, & chaque jour demanderoit son histoire. Les absents pouvoient être tranquilles; elle portoit jusqu'aux extrémités de l'Empire cette prévenance & cette surprise qui sont comme le charme inestimable de la bienfaisance, & attachent aux plus simples faveurs plus de prix & d'éclat qu'à des trésors arrachés par importunité. Elle se déroboit quelquefois aux regards : le palais avoit des portes & des avenues secretes pour l'indigence timide, pour les jeunes vierges, les veuves des Officiers qu'elle se réservoit particulièrement, pour ne pas les exposer aux refus ou peut-être aux libéralités des autres; & dans ses bienfaits elle s'excusoit encore sur la guerre ou sur les circonstances qui l'empêchoient de suivre tous les mouvements de son cœur.

On trouve dans l'antiquité, qu'un nom, une statue, ou quelques feuilles d'arbre, remplissoient l'ambition des plus illustres Citoyens; on savoit être pauvre avec dignité : la Patrie fut quelquefois obligée de pourvoir aux funérailles de ses libérateurs, ou à l'indigence de leur postérité : elle puniſſoit ceux qui la ſervoient mal, & dès lors ceux qui la ſervoient bien ſe trouvoient aſſez payés de n'être pas confondus. Lorſqu'on y connut d'autres récompenſes, le temps devint ſtérile, & les héros diſparurent. Cet eſprit antique ſe remarquoit encore à Vienne; & l'or y étoit le dernier prix réſervé aux ames & aux ſervices vulgaires. Il eſt bien plus facile de prodiguer les honneurs & les tréſors, que de deſcendre comme MARIE THÉRESE à des avances & à ces doux épanchements de l'amitié & de la reconnoiſſance. Si l'on voyoit dans ſes armées un Libérateur de l'Empire, dans ſes Conſeils un Oracle célebre de la politique; elle ne craignoit pas de publier les ſervices, & faiſoit de la reconnoiſſance une vertu royale. Les arſénaux, l'artillerie autrichienne, devoient toute leur gloire à un illuſtre Citoyen qui les avoit créés de ſes ſoins & de ſa fortune; L'IMPÉRATRICE fait ſubſtituer à ſa propre ſtatue celle de ce généreux ſerviteur; & pour achever de le combler : « Quand voulez-vous, dit-elle, « que je mene chez vous l'Archiducheſſe : il faut, avant « de partir pour la France, qu'elle aille remercier celui « qui a rendu tant de ſervices à ſon Pays. »

Quand on traite ainſi ſes ſerviteurs, ce n'eſt plus en eux de l'attachement & du zele, mais une ardeur, un culte, qui gagnoient tout l'Empire. Les provinces envoyoient des tributs volontaires; &, au premier bruit de guerre, les armées ſembloient ſe lever d'elles-mêmes. Sa confiance étoit le dernier terme des prétentions les plus élevées;

plusieurs avoient vu la plus belle fortune dans la seule préférence qu'elle leur donnoit pour la servir. On saura y perpétuer cette noble ambition, & nous entendons dire qu'un portrait, une lettre honorable, sont le plus bel héritage qu'on croie pouvoir transmettre à sa postérité. Comme ce n'étoit plus que par des sentiments qu'elle pouvoit reconnoître leur zele, ils trouvoient en elle tous les offices, & même toutes les délicatesses de l'attachement & de l'amitié : elle alloit quelquefois les honorer, en s'asseyant à leur table, & les appelloit à la sienne ; elle s'affligeoit de leurs chagrins & de leurs maladies, rendoit avec douleur les derniers devoirs à leurs cendres, & vouloit hériter du soin de leur postérité : elle supportoit encore jusqu'à leurs torts & leurs foiblesses, s'acquittant ainsi en détail de toutes les charges de l'amitié. Sur les trônes & les lieux élevés, on n'a que des adorateurs qui n'encensent les idoles que tant qu'elles détournent les tempêtes & fertilisent les campagnes ; mais, ô juste, ô sensible IMPÉRATRICE ! vous avez des amis, parceque vous savez être amie vous-même : *habes amicos, quia amicus ipse es*. Je ne sais si cette chaire est accoutumée à un pareil éloge ; & si, depuis tant de siecles qu'il fut adressé à un sage Empereur, il étoit réservé à cette circonstance, il nous est bien doux aujourd'hui de vous le rappeller.

Plin. paneg.

Si la Justice est la source du regne florissant de L'IMPÉRATRICE, pourquoi ne rend-elle pas tous les regnes également

également glorieux ! On ne peut ſuppoſer qu'approbateurs timides, entraînés par foibleſſe, les Maîtres de la terre n'aient que des vœux ſtériles pour elle. Hélas ! pour le bonheur public, autant vaudroit qu'ils la haïſſent. A Dieu ne plaiſe ! ils veulent tous, comme MARIE THÉRESE, le bonheur & le cœur de leurs ſujets ; la fortune a tant fait pour eux, qu'elle ne leur laiſſe d'autre ambition que la gloire. Ne reprochons rien à ceux mêmes dont le nom ne ſe prononce qu'avec effroi : dans leur enfance ils étoient l'eſpérance de l'Empire, Rome ſeule fut coupable de les avoir perdus. Pour ne pas nous éloigner du reſpect que nous devons aux trônes de la terre, c'eſt ſur le trône même que nous chercherons nos témoins.

C'eſt d'abord le Roi d'une vaſte monarchie d'Orient, qui écrit aux cent vingt-ſept provinces de ſon Empire, « Qu'on en impoſe par des menſonges artificieux aux « oreilles des Princes, qui, naturellement pleins de fran- « chiſe & de candeur, jugent les autres par eux-mêmes. » Et il ajoute, ce qui eſt bien plus déplorable : « Que toutes « les hiſtoires, ainſi que ſon expérience journaliere, at- « teſtent que leurs bonnes intentions ſont dépravées par « de mauvais conſeils. » Eſther, 16.

Ecoutez encore le Maître de tout l'univers connu alors : après avoir quitté le trône pour les douceurs de la vie privée & ſolitaire, il avouoit ne connoître rien de plus difficile que les devoirs de ſon ancien état ; qu'il ne falloit que la fatale harmonie de quelques perſonnes, DIOCLÉTIEN.

pour fermer les avenues, ne laiſſer paſſer que ce qui s'accorde avec leurs vues ; &, que malgré ſes bonnes inclinations, ſa vigilance, & même ſes défiances, l'Empereur au milieu de ſon palais eſt captif & mis à prix : *Bonus, cautus, optimus, venditur Imperator* (1).

Telle eſt la poſition commune où ſe voyoit L'IMPÉRATRICE, de n'avoir à changer que de pieges & d'ennemis. Dans ces incertitudes, les meilleurs Princes finiſſent ſouvent par le découragement, le dégoût, & abandonnent leur autorité, ſans donner ni leur eſtime ni leur confiance ; le haſard regle les événéments, auxquels ils ne font plus que prêter leur nom, & l'Hiſtoire les fait ſouvent agir de nombreuſes années ſans qu'ils y ſoient pour rien. Elle voit donc que toutes les vertus ne ſont que des puiſſances aveugles qui combattent dans les ténebres, & que
Pſ. 88. la vérité eſt, ſelon le Prophete, le flambeau qui doit les précéder. Mais cette vérité, qui regne dans les cieux & même dans les enfers, n'eſt ſur la terre qu'obſcure & repouſſée : tout le monde la vante, & tout le monde l'outrage, parceque chacun a ſon idole qu'il décore des titres & du nom de cette vierge ſimple, chaſte & auſtere. Où la trouver? quel eſt donc ſon aſyle? Suffira-t-il à L'IMPÉRATRICE de haïr la flatterie? ce n'eſt qu'un moyen de la rendre plus délicate, &, en des mains habiles, le menſonge ſait imiter juſqu'à la franchiſe & l'ingénuité.

---

(1) Hæc Diocletiani verba ſunt, quæ idcirco inſerui ut prudentia tua ſciret nihil eſſe difficilius bono principe. *Vopiſc. de vit. Aurel.*

Verra-t-elle dans tous ceux qui l'entourent les organes du Peuple ? Mais, ſelon leurs intérêts, ils lui diront que l'ordre & la réforme des abus ſont un renverſement & une calamité publique. Ce n'eſt jamais que dans leurs rapports avec les événements, qu'ils trouvent la ruine ou la proſpérité de l'Empire : tout s'abaiſſe ou s'exalte ſelon les partis ; & il y a des mots & des couleurs avec leſquels chacun fait à ſon gré des vertus & des vices.

En mettant ſous les yeux de MARIE THÉRESE tous les temps & tous les pays, l'Hiſtoire lui a montré que les Cours ſont les temples de la Fortune, où perſonne ne vient pour mépriſer ſon culte. Il faut voir comment cette Fortune y traîne ſes adorateurs ; comment la vanité & l'ambition ſavent, quand il le faut, être ſouples & endurantes : les vertus mêmes qui y arrivent les plus ſaines & les plus vigoureuſes, le climat les éprouve & les amollit bientôt par des diſſimulations & de mortelles condeſcendances. S. Grégoire l'avoit ſagement obſervé, puiſqu'il prit ſoin d'avertir un de ſes habitants, que, s'il n'y étoit pas brûlé par le feu des paſſions, il y ſeroit du moins noirci par leurs vapeurs. Greg. Naz. ep. 17.

Sans entrer plus avant dans cette région, objet éternel des plaintes & des deſirs des ſages, des mécontents, & des heureux même s'il peut y en avoir, voilà du moins quelques ſignaux convenus par eux tous pour reconnoître le pays. Nous n'avons indiqué les embûches & les forces de l'ennemi, que pour rendre ſa défaite plus éclatante.

Le trône de MARIE THÉRESE est libre, la Vérité y monte & s'asseoit à côté d'elle. Le Ciel lui a tracé le plan de la victoire, d'une maniere bien claire & bien précise:
Gen. 18, 20. « Je descendrai, dit le Seigneur, & je verrai si ces cris « qui sont montés jusqu'à moi ont quelque fondement. » Quoi! le Souverain de l'Univers, dont l'œil & le bras sont par-tout, a besoin de descendre de son trône pour vérifier ce qui se fait ici-bas! Il n'a voulu par là, observent tous les Peres, qu'avertir les Maîtres de la terre de ne pas se fier aux clameurs & aux rapports, mais de descendre & de voir sur les lieux. L'IMPÉRATRICE renverse les barrieres que l'orgueil ou la foiblesse ont mises entre elle & ses sujets; c'est une mere qui veut vivre avec tous ses enfants. On peut partir du fond de ses États, & compter, en arrivant, sur la plus accessible audience: les avenues sont libres, les portes du Palais toujours ouvertes, personne n'est exclus, & on trouve des oreilles attentives. C'est l'intérêt qui ailleurs voile la vérité; ici c'est l'intérêt qui la découvre: on sait qu'en lui fermant une voie elle arriveroit par une autre, & que MARIE THÉRESE regarde le mensonge comme le crime qui attente à sa majesté le plus directement. Les oiseaux du Ciel, nous
Ecclef. 18, 21. dit l'Écriture, venoient alors l'instruire, & les mysteres les plus cachés paroissoient sur ses levres: *& divinatio in*
Prov. 16, 10. *labiis regis.*

O Schoenbrunn, vos allées vénérables nous rappellent ces bois augustes de Vincennes, où, comme dans un temple à portiques ouverts de toutes parts, l'on venoit porter la vérité, & trouver la justice. MARIE THÉRESE écoutoit tout selon le conseil du Sage, & se faisoit ensuite un tribunal dans son propre cœur. « Le Sage se plaint « encore qu'on ne confie pas la course au plus léger, la « guerre au plus vaillant, qu'on ne donne pas les richesses « aux plus habiles, & que la rencontre & le hasard font « toutes choses » : jamais on n'eut plus, pour proportionner les talents & les places, cet art recommandé au livre des Macchabées. « Simon est un homme de conseil, « écoutez-le en tout. Judas est ferme & courageux dès sa « jeunesse, qu'il marche à la tête des armées ». Comme ce n'étoit ni le flot ni la faveur qui portoient dans ses Conseils & sa confiance ; qu'on n'y arrivoit qu'au bruit de la Renommée, l'on entendoit vanter cette politique autrichienne, consistante, uniforme, immortelle, parce que ses instruments s'animoient du même esprit, & que les événements ne se sentoient jamais de leur mobilité.

Eccli. 37, 17.

Ecclef. 9, 11.

1. Macc. 2, 65.

C'est à la Vérité qu'on devoit toute cette sagesse. Quand elle est ainsi recherchée avec des regards perçants & populaires, elle arrive de toutes parts ; & cet accès facile n'avilit pas la Majesté. La bonté de MARIE THÉRESE ôtoit l'embarras, la premiere surprise : si on montroit quelque trouble, pour mieux rassurer elle n'avoit pas même l'air de s'en appercevoir, &, descendant sur-le-champ à des questions communes & des détours, elle rendoit la voix & l'assurance : son modele étoit dans nos temples où l'on s'incline avec respect & l'on prie avec confiance.

La grandeur suprême est, comme la beauté, indépendante de l'appareil & des vains ornements : il est si aisé de s'entourer de gardes, de se charger d'or & de diamants, &, comme un tourbillon, de chasser la poussiere devant soi ! La Majesté étoit à Rome dans des mains triomphales qui conduisoient une charrue ; dans un Empereur vêtu simplement, qui marchoit à la tête des Légions, ou conversoit dans la place publique : elle étoit à Vienne dans MARIE THÉRESE affable, populaire, au milieu des pauvres & de son peuple, tel qu'un Roi selon l'image de l'Écriture, au milieu de toute sa Cour. Elle porte par-tout cette dignité personnelle, par-tout le trône a l'air de la suivre, & la lumiere est toujours brillante, en quelque lieu que tombent ses rayons. Sa familiarité étant, en raison de l'estime publique, une distinction & une récompense, les distances étoient gardées, & l'on ne perdoit jamais de vue la Souveraine : son front & ses regards lui auroient au besoin servi de Gardes. Mais cette majesté douce & insinuante, cette grandeur descendue aux plus grands témoignages de familiarité, s'éleve encore plus, & rappelle ces belles paroles d'une ville de la Grece à un illustre Romain : « Parceque vous « avez cru n'être qu'un homme, nous avons pensé que vous étiez un Dieu.

Spart. in vit. Had.

Job. 29.

MARIE THÉRESE paroiſſoit dans certains jours comme à la tête de l'Empire, pour le montrer dans tout ſon éclat; les Princes & les Souverains y embelliſſoient ſon cortege. La magnificence & la pompe étoient encore perdus, & l'on ne voyoit que MARIE THÉRESE. Le plus touchant ſpectacle dans ces moments d'appareil étoit de voir l'Empereur & l'IMPÉRATRICE entourés de leur nombreuſe poſtérité, tels que deux arbres majeſtueux deſtinés à couvrir la terre de leurs branches. Lorſque la veuve chrétienne ſe vit ſeule chargée de cette ſollicitude, elle en fit le principal objet de ſes veilles. Ces jeunes plantes ont été cultivées de ſes propres mains; car il n'appartient qu'aux aigles d'enſeigner aux aigles à voler: l'art de régner eſt plutôt une vertu qu'une ſcience, & les grands ſentiments enfantent les hautes conceptions. Le génie des Princes eſt dans leur cœur, & du ſein d'une ame pure & vigoureuſe il ſort des torrents de lumiere.

Elle voyoit qu'elle tenoit dans ſes mains l'avenir & la poſtérité, & qu'il s'agiſſoit ici de la deſtinée de plus d'un Empire. Les vapeurs de la flatterie n'arrivent point juſqu'à eux, & les enfants ne ſont ſenſibles qu'aux éloges de leur Mere, parcequ'elle s'eſt preſſée de les avertir que, pour louer avec juſtice, il falloit pouvoir blâmer impunément. S'ils ſont au milieu des ſujets, c'eſt moins les hommages, que les cœurs, qu'ils ont l'air de ſolliciter: ſe préſente-t-il des Etrangers? on les entend converſer en différentes langues ſur les contrées & les nations diverſes, en y mêlant toujours quelque choſe de flatteur & de perſonnel. S'il arrive un déſaſtre, ils paroiſſent tous inquiets & agités: parle-t-on d'un ſpectacle ou d'une fête? ils ne voient que les dépenſes, & propoſent une fête plus belle dans le ſoulagement des pauvres. Si l'on veut exciter leur curioſité, qu'on prenne garde à ce qu'on doit leur répondre, car ils s'informent, comme par une pente naturelle, quelle en eſt l'utilité publique. MARIE THÉRESE leur a donné des yeux réprimants & ſéveres pour ces eſprits ſuperbes & immondes armés contre le Ciel, les mœurs & les véritables lumieres; mais pour les vrais ſavants, les ſolides ſciences, les arts qui élevent l'ame & ennobliſſent les nations, Accès, Récompenſe & Honneur.

Toute la vie de l'IMPÉRATRICE leur apprend quel eſt le premier né, le véritable favori qui ne leur demandera jamais de graces, & n'eſpere d'eux que la juſtice : les faveurs ne conſiſtent pas à lui donner, mais à lui moins demander. Que les intérêts ſont différents! ce peuple attend tout de leurs vertus, & les Courtiſans, tout de leurs paſſions. On voyoit dans les choſes publiques que ſes mains libérales étoient ſans danger toujours ouvertes. Tant que les tréſors & les arts ſont appliqués aux monuments, à la grandeur & à l'utilité commune, qu'ils ne ſont détournés ni pour les délicateſſes, ni les dépravations privées, c'eſt alors ce luxe national & majeſtueux, ami de la ſimplicité domeſtique, que les anciens appelloient *Commune magnum*.

Le

Le luxe corrupteur de la Grece & de Rome n'a point laiſſé de traces après lui; mais on y court encore admirer les ruines vénérables de ces vaſtes monuments qui ſembloient moins faits pour embellir un Pays que pour décorer l'univers.

Si par ces exemples MARIE THÉRESE les rend dignes de tous les trônes, elle ajoute enſuite à chacun le caractere de ſa deſtinée. Elle nous a préparé, dans ſes prédilections, l'art heureux de gagner les cœurs : & dans une nation ſi portée à l'amour de ſes Maîtres, c'eſt l'art véritable de régner.

Il a paru un Voyageur, dépouillé de cet appareil qui comme un nuage épais lui auroit dérobé les objets : il vous a montré ce qu'on doit entendre par un Empereur revêtu de ſa ſeule grandeur & de cette majeſté perſonnelle qui sait dans la foule ſe faire reconnoître ſans ſceptre ni diadême.

S'arrêter ſur la gloire des enfants, c'eſt remonter à la ſource & vous dire qu'ils n'ont eu qu'à ſuivre leur modele : leur voix ſe fait encore mieux entendre que celle des Orateurs, & ils ſont eux-même dans tant de contrées le plus bel éloge qu'on puiſſe faire de leur pieuſe Mere : *Surrexerunt filii, & beatiſſimam prædicaverunt.* Si le ciel a béni ſes vœux & ſes veilles, c'eſt qu'il a été la premiere penſée qu'elle ait miſe dans leurs cœurs; elle leur déclare qu'elle eſt bien plus glorieuſe de les voir chrétiens, que Souverains. C'eſt dans les voies anciennes qu'elle s'applique à les guider, dans des pays ſur-tout dont les annales ſeroient un ſujet de ſcandale & de chûtes ſi l'on y confondoit l'eſprit du ciel & celui de la terre : en leur montrant l'Egliſe immortelle quoique vouée dès ſon berceau aux mépris des Sages, aux glaives des Empereurs & aux ſcandales de ſes propres Miniſtres, ils apperçoivent clairement que cet édifice n'eſt pas bâti de main humaine, qu'un feu pur eſt ſouvent porté par des mains ſacrileges; & la juſtice & le courage ne leur paroiſſent pas moins des vertus, malgré des Juges prévaricateurs ou quelques lâches ſoldats. Qu'on ne reproche jamais rien à l'humble, chaſte & incorruptible épouſe de Jéſus-Chriſt. Dans ce ſiecle orageux où l'anarchie civile & religieuſe agita tous les eſprits, ſur la pente gliſſante des héréſies, tout tombe en confuſion ; chacun éleve ſon autel, la politique décide des cultes, & le zele de la réforme eſt le prétexte de toutes les paſſions. La foi des Théodoſe & des Charlemagne, héréditaire ſur le trône, eſt arrivée juſqu'à MARIE THÉRESE. La puiſſance impériale marche la premiere & en Souveraine; mais dans les choſes de Dieu elle offre des ſecours, des aſyles, & jamais des regles ni des oracles. Elle ſe fait gloire de protéger & de ſervir, ſelon le langage d'un de ſes prédéceſſeurs (1).

Telle eſt la religion antique & deſcendue du ciel, que l'IMPÉRATRICE enſeigne à ſes enfants à faire briller ſur le trône & dans leur vie privée. Mais que dis-je la vie privée!

(1) Ut noſtro auxilio ſuffulti, quod veſtra auctoritas expoſcit, famulante ut decet poteſtate noſtrâ, perficere valeatis. *Capit. cap. 4, tom. 1.*

elle sait trop qu'il n'en est pas pour eux ; ils sont toujours spectacle, & l'œil avide perce les retraites profondes : leur condition donne de l'éclat & de la renommée aux plus petites actions ; &, dès qu'une fois la Providence les a établis Maîtres du genre humain, ils sont condamnés à l'être à chaque instant. Que la voix du Prince est puissante & sonore ! que ses exemples retentissent au loin ! sa vie est plus impérieuse que son autorité. La Justice ne frappe que les délits clairs & les crimes grossiers ; mais l'honneur & l'esprit national ne furent jamais soumis aux loix ni aux Législateurs. Le zele de MARIE THÉRESE pour l'ordre public avoit été également ardent pour l'ordre intérieur des familles ; elle avoit ensuite reconnu que les recherches, les inspections actives pouvoient devenir plutôt l'inquiétude de la vertu, que l'effroi du vice ; qu'il falloit laisser à Dieu seul le soin de sonder les reins & d'éclairer les ténebres. La Providence n'a mis dans le glaive des Rois qu'une puissance bien étroite, c'est dans leurs regards seuls, qu'elle a placé un plein & absolu pouvoir. Ainsi un froid mépris, un front glacé, une répulsion inexorable de toute influence & de toute faveur, & vous verrez alors non-seulement dans le sanctuaire des Ministres dignes du ciel & de leur mission, dans les Cours ces anciens Chevaliers *sans peur & sans reproche*, mais tous les ordres & toute la nation prendront un ton & un caractere. Si MARIE THÉRESE ne fait pas régner la vertu dans tous les cœurs, du moins voit-on par-tout les bienséances & le respect pour elle; elle devient plus commune lorſqu'on la voit marcher dans les mêmes ſentiers que la faveur : les vices réduits à être honteux & obſcurs languiſſent bientôt dans les ténebres. Si nous portons un cœur toujours prêt à s'échapper, qu'il ne cherche pas du moins à juſtifier ſes chûtes. Il n'y a plus d'eſpoir de remords & de retour lorſque les principes ſont traduits en queſtion, les vertus en préjugés, & que la licence applaudie & le front levé ſemble, ſelon Tertullien, « vouloir jouir de toute la lumiere du Ciel & de toute la « conſcience de la nature. »

Ad Natal. l. 1. n. 16.

Pour relever la gloire de l'IMPÉRATRICE nous ne voulons point obſcurcir celle d'une nation qui n'a beſoin que d'être affermie dans les routes anciennes. Quand l'Empire romain périſſoit de foibleſſe & de diſſolution, que le Rhin ſéparoit des contrées & des peuples différents! Le reſpect pour les Dieux, la bonne foi, le courage & les mœurs, y étoient plus puiſſants que les bonnes loix ailleurs; « perſonne ne plaiſantoit ſur les vices; être ſéduit & ſéduire n'y » étoient pas ce qu'on appelle l'air & le cours du ſiecle ». Quand même le temps auroit affoibli cette ſeve primitive, le portrait que l'antiquité nous a laiſſé renferme des traits que l'on retrouve encore, & les deſcendants reſſemblent à leurs aïeux. Ils ſont toujours francs, belliqueux, amis de la diſcipline, tout juſqu'aux défauts même y a l'air grave & réfléchi; les agréments de la ſociété leur en paroiſſent ſouvent le déſordre, & l'on y regarde encore la pudeur comme un ornement autant que comme un devoir. Les

Tacit. de Mor. Germ.

recherches laborieuſes, les ſciences exactes & profondes, y germent tout naturellement. Les glaces du climat n'y refroidiſſent pas pour cela le génie, qui n'eſt pas encore aſſez épuiſé pour ne trouver de reſſources que dans la licence & l'impiété; les communications du ciel & de la terre ne ſont pas interrompues ; les divines Ecritures, qui fourniſſent ailleurs à l'ignorance tant de froides railleries & de groſſieres alluſions, y ſont la ſource féconde d'une chaſte & ſublime Poéſie, & l'on y entend retentir *les grandeurs du Meſſie*.

Lorſque l'Eſprit ſaint nous repréſente la femme forte dans les actions d'éclat & de courage, ce n'eſt là qu'une partie d'elle-même : c'eſt dans les ſoins intérieurs & au milieu de ſes foyers, qu'il nous montre toute ſa grandeur. Le ſiecle ſe contente, je crois, d'admirer les Héros, leur carriere lui paroît remplie quand ils l'ont étonné; mais il ne ſépare pas encore dans les femmes la gloire, de la vertu. Il ne faut pas ici qu'un trait brille par l'abſence d'un autre, & rien n'eſt héroïque & ſublime, que dans un grand & régulier enſemble, ſelon les vraies meſures du ciel & de la terre. Qu'on s'éblouiſſe de ces caracteres fameux qui n'ont ſouvent de près rien que de forcé & de difforme ; c'eſt dans MARIE THÉRESE que l'on trouve l'harmonie & les belles proportions de la vertu & de la véritable grandeur. Que le vulgaire avide d'expreſſions bizarres, ou l'orgueil de notre ſexe, croit élever l'Impératrice en l'appellant un Grand-Homme; nous ne dégraderons point

Prov. 31.

dans cette chaire le ſexe de MARIE THÉRESE : elle fut une Grande-Femme. L'antiquité n'auroit pas imaginé de plus bel éloge, &, ſans confondre les caracteres, elle avoit mieux aimé donner à toutes les vertus leurs Déeſſes comme leurs Dieux.

Si nous nous ſommes trop long-tems arrêtés ſur les agitations de cette vie humaine qui, apperçues du haut de la montagne, ne ſont que les jeux des enfants ſur le rivage: Greg. Nyſſ. *hæc eſt humana vita puerorum ludus in arena ;* c'eſt par une charitable condeſcendance pour la foibleſſe des ſages de la terre, & pour leur montrer que le ſceptre & la croix peuvent ſe tenir de la même main. C'eſt aſſez ſe traîner & compatir, il eſt temps de reſpirer en lieu plus élevé ; rentrons dans notre miniſtere, & ſuivez-nous dans le modeſte oratoire d'une femme chrétienne. Vous verrez le trône s'embellir des vertus que le monde relegue dans les cloîtres comme l'apanage des eſprits étroits & des ames vulgaires : il les mépriſe par foibleſſe, parceque l'ordre & la regle conſtante de la vie ſeroient un combat trop pénible pour lui ; il ne ſait que braver la mort cachée ſous les traits de la victoire : mais la valeur froide & conſtante qui l'attend ſous le fardeau des devoirs uniformes & journaliers rebute les plus intrépides. Le Dieu de MARIE THÉRESE ne ſe contente pas de quelques jours, de quelques faits mémorables, il lui a demandé ſa vie toute entiere. Ah ! que ne puis-je ici reprendre une nouvelle voix, & vous une nouvelle patience ! que de vertus nous fourniroit l'Impératrice pour confondre en détail tous les âges, tous les ſexes, & tous les états. On la verroit au pied de nos autels s'arrachant au ſommeil au milieu de la nuit, lorſque le monde ſe diſſipe encore dans les feſtins & les jeux, & trouve enſuite les jours trop courts & les affaires trop preſſantes, pour leur dérober quelques inſtants pour le Ciel. On la ſurprendroit dans toutes les obſervances de l'Egliſe, dans tous les exercices de la pénitence, avec ces ſaintes rigueurs dont les traces & les noms commencent à ſe perdre parmi nous, même dans les conditions communes. Si on la ſuivoit dans les différents paſſages, de vierge, d'épouſe, & de veuve chrétienne, chaque ſaiſon offriroit les fruits les plus précieux, eh! que nous ſerions puiſſants pour reprocher aux filles de Sion, qui, ſelon le Prophete, marchent les yeux ardents & la tête levée, toutes ces molleſſes & ces diſſipations qui conſument tant de fortunes & de vertus! La religion ſe préſentoit à elle de toutes parts comme un objet d'ordre & d'harmonie pour un eſprit ſolide, un attrait & un penchant pour un cœur ſenſible, & un terme grand & ſublime pour cette ame élevée au-deſſus de toutes les illuſions, qui, ſe trouvant à l'étroit ſur la terre, avoit beſoin d'une autre ſcene & d'autres perſonnages.

Iſ. 3, 16.

Ni les maladies, ni les dangers, ni les années, mais la ſenſibilité, la force & la grandeur l'avoient rendue diſciple du Ciel & de la Croix. Le calme & la ſérénité de ſon cœur ſe manifeſtoient dans une vertu aimable, qui montroit au ſiecle que le vrai bonheur ſe trouve ailleurs que dans ſes fauſſes joies. Pour des cœurs épuiſés & enivrés du monde, les plaiſirs deviennent de fatigantes affaires : la conſcience de MARIE THÉRESE préſide à ſes délaſſements, & les rend toujours faciles & nouveaux. Que le ſiecle, qui ne voit enſuite la piété que craintive, traînante dans des ſoins obſcurs & de petits exercices, la conſidere ici grande & pure comme ſa ſource. Dans les affaires les plus preſſantes, ſes ſolitudes étoient utiles, & ſes méditations actives, parcequ'elle y traitoit avec Dieu plus à fond & plus en liberté. Si c'eſt au pied de la Croix, qu'en réglant le temps & les richeſſes, la vie s'alonge & le tréſor ſe remplit; ſi c'eſt là que ſon ame vient reprendre ſon équilibre, ſe raffermir contre toutes les paſſions dans cette juſtice qui n'a qu'un poids & qu'une meſure, dans cet amour inépuiſable du genre humain, par la contemplation du divin Modele qui ne paſſa ſur la terre que pour y bien faire, *pertranſiit benefaciendo*, eh bien ! ces moments-là vous paroiſſent-ils perdus pour le bonheur public? Il falloit qu'elle en ſentît toute l'utilité, elle qui ſe reprochoit juſqu'au ſommeil ; car c'eſt, diſoit-elle, *un temps perdu pour mes ſujets*. Elle ne croyoit pas qu'il fallût leur faire ſupporter les longueurs & l'inaction de la maladie, mais le coup ſeul de la mort qui devoit l'interrompre dans quelque acte de bienfaiſance & de maternité; &, comme elle marchoit toujours ſous les yeux de ſon Maître, elle ſavoit que le travail & la ſollicitude étoient la priere des Rois.

Au

Au milieu des ombres du tombeau elle regle donc les ſuites de cette derniere heure, comme une affaire ſimple & ordinaire : commençant à voir de plus près celui à qui ſeul *appartient la louange & la gloire*, ſes premiers ordres ſont pour interdire la pompe & tous les orateurs. Quoique ce ſoit le ſeul de ſes vœux que la piété filiale n'ait pas cru devoir par-tout reſpecter, y avoit-il une plus glorieuſe époque pour délivrer la terre de la vanité des inſcriptions & des honneurs funebres, & remonter à l'ancienne coutume des Germains, d'exécuter tous les morts par l'oubli ou par le ſouvenir? Tacit. ibid.

Il eſt juſte que ſes favoris ſoient ſes héritiers : ſes derniers vœux, ſes libéralités, ſont pour ſes armées, pour les Hongrois ſes premiers amis & ſes défenſeurs, *pour ſes orphelins*, *ſes pauvres*, *ſes penſionnés*. Elle les quitte ſans inquiétude, parcequ'elle laiſſe à ſon fils & ſon cœur & ſon peuple. Que cette chambre & ce palais ſont étroits pour un ſi grand ſpectacle! c'eſt l'univers qu'il faudroit convoquer. Tout retentit, tout eſt mouvement & exemple : l'œil perçant de la Foi ne voit plus qu'une ſolemnité que le Ciel eſt venu célébrer ſur la terre pour l'encouragement des juſtes, la confuſion des ſages, & la conſolation de ſon Egliſe. Les palmes immortelles fleuriſſent de toutes parts, les enveloppes & les chaînes périſſables tombent, & la mort ouvre comme viſiblement les portes d'une nouvelle vie.

Comment dans une action ſi journaliere tout paroît-il

& ſi neuf & ſi grand ! Le ſiecle retarde toujours juſqu'au dernier inſtant pour fermer à la hâte les temples des faux Dieux ; après avoir été impie par corruption ou par contagion, l'on devient chrétien par foibleſſe, par bienſéance : l'Eglise eſt appellée pour remplir les uſages ou écouter de tardives & lâches pénitences ; il faut que Jéſus-Chriſt vienne enſuite reſſuſciter un mort, ou s'enſevelir dans un cadavre. O mon Dieu ! ce ne fut pas lorſqu'à votre voix les vents mutinés ſe turent, ou que la Mort vous rendit ſes victimes, que vous parûtes jouir de toute votre grandeur ; c'eſt lorſque le Centenier vint au-devant de vous vous dire qu'il n'étoit pas digne de vous recevoir, & qu'il ne lui falloit qu'un mot de votre part. Depuis tant de ſiecles avez-vous ſouvent reçu un auſſi bel accueil ? L'on vous attend ſur un lit de douleur, le cœur glacé, l'eſprit & les ſens égarés ou éteints : mais MARIE THÉRESE, à la tête de ſes enfants & de toute ſa Cour, vient au-devant de vous, la confiance & la joie ſur le front ; &, quand on paroît étonné de cette fermeté, au lieu d'étaler quelques maximes faſtueuſes, & de s'élever aux yeux d'une ſageſſe inſenſée qui met ſa gloire à s'étourdir ſur les abîmes & à diſſimuler ſon effroi : « Que l'état où je « ſuis, répond-elle en ſouriant, eſt l'écueil de la force « & de la grandeur ! la tranquillité que vous voyez eſt « la premiere grace de la Miſéricorde qui m'en fait eſpé- « rer tant d'autres. »

Que les vertus tempérées ſont ſublimes ! Cette force,

qui a besoin de s'appuyer sur une autre, a par là même quelque chose de plus fort & de plus doux : la miséricorde releve la justice, la simplicité la grandeur, & la douceur le courage. O Mort! frappe quand tu voudras; tes coups ne seront accablants que pour nous. Rien ne l'étonne, tout est prêt depuis tant d'années, le tombeau, le cercueil, le vêtement funebre ; & le Pilote attend le vent pour lever l'ancre.

Quoiqu'elle porte sur tous les objets des regards assurés & consolateurs, il n'y a qu'une seule chose qu'elle ne pourroit pas soutenir : elle est mere, & les larmes de ses enfants sont plus fortes que son courage : elle les conjure de ne pas l'en rendre témoin, & d'avoir pitié de son cœur. Priere sublime & terrible, qui doit encore plus tout briser, & faire couler toutes les larmes ! O courage! ô foiblesse héroïque ! Elle ne craint point sa douleur ; elle ne craint que celle des autres ! Sentiments étouffés, cœurs oppressés, combats cruels, lorsque la nature n'a rien pour s'échapper, que l'amour & la douleur redoutent de se permettre une larme & un soupir : qui pourroit peindre cette scene accablante autrement que par ses pleurs & son silence ? Je l'abandonne à vos seuls mouvements ; elle est déjà toute entiere dans les cœurs dignes de la sentir.

Il ne me reste plus quelque force & quelques pensées que sur nous, sur ces tristes moments dont la bonté divine se sert pour nous rappeller à elle. S'il en est encore qui s'éveillent au bruit des vérités éternelles, nous les en conjurons, que ce ſpectacle les éclaire : cette vie humaine eſt par trop ſombre, informe & confuſe, ſi l'éternité n'y répand ſes lumieres. Inſenſés que nous ſerions, ſi nous n'avions voulu que vous diſtraire par de vaines peintures ! Ce ne ſont ni des Politiques, ni des Guerriers, ni des Grands, que nous prétendons entretenir, ce ſont des Chrétiens, des Héros immortels, que nous ambitionnons d'échauffer encore par quelques ſentiments généreux. Votre ſalut nous preſſe bien autrement que le ſoin de vous flatter & de vous plaire. Le mépris de toutes les vanités, de l'éloquence & de ſes artifices, les ſons rudes, les paſſages incultes, les mouvements bruſques & en déſordre, ſont le ſentiment de la circonſtance & le langage de la mort. Les funérailles ceſſent donc d'être touchantes depuis qu'elles ſont étudiées & magnifiques ; tout veut encore ici reſpirer la vie & la grandeur. O puiſſance, qui n'empêchez ni de ſouffrir ni de mourir ! ô gloire, ô grandeur, paroiſſez, montrez-vous donc ! Sont-ce bien là tous vos efforts pour nous éblouir ? Encore quelques inſtants, & l'ombre même de tout cela ne ſera plus dans ces lieux. Rien n'y eſt durable, excepté la croix, qui couronne & immortaliſe la vertu.

Nous voilà tous courbés ſous la faux du temps & de la mort ; la terre que nous foulons nous appelle ; ſes gouffres ſont ouverts, il lui faut à chaque inſtant des victimes : entendez donc ſa voix. Vertueuse Princesse, vous marchez devant nous, & dans peu de moments, tout-à-l'heure, nous viendrons vous rejoindre; mais hélas! que nos destinées seront peut-être différentes! Voici la derniere solemnité, le dernier tribut que nous payons à la grandeur, vos vertus restent & demandent un hommage éternel: le seul digne d'elles est de les imiter. Voyons ce tombeau sans effroi puisqu'il renferme le germe de la gloire & de l'immortalité. Pour donner de la sublimité à nos vues, & de la légèreté à notre marche, sortons, sortons des bornes étroites de l'espace & du temps, & jettons nos pensées & nos ancres sur les rivages immobiles du Ciel & de l'éternité. La saison de larmes est passée, & un deuil inconsolable seroit injurieux à la patrie qui nous attend. Par les grandes choses, ô mon Dieu, que vous avez manifestées sur elle, nous ne présumons pas trop de votre miséricorde: Esprits célestes qui veillez à la garde du Ciel, ouvrez vos portes éternelles, portez MARIE THÉRESE aux pieds de celui qui doit la couronner. Laissez tomber quelques rayons de cette splendeur qui vous éclaire, pour montrer à sa postérité tout ce que l'on attend des branches précieuses d'un tronc si vénérable.

Anges de la paix, rendez-vous à ses vœux en réunissant cette grande famille du genre humain, tous ces freres de la nature & de la grace qui semblent ne plus se reconnoître; faites luire sur eux un ciel également serein, dissipez les orages, éteignez le tonnerre.

Et vous, Anges tutélaires des empires, c'est encore

Marie Thérese qui vous en conjure, portez, portez vos lumieres brillantes devant les Maîtres de la terre, pour les guider dans les voies du Seigneur. Tenez sous leurs yeux sa loi toujours ouverte, pour qu'ils n'oublient jamais que l'empire de la terre doit servir celui du Ciel, & que les barrieres célestes ne s'abaisseront devant eux qu'à la faveur des légions nombreuses qu'ils sauront y conduire, pour y faire retentir les voûtes éternelles des cantiques de l'immortalité. Ainsi soit-il.

APPROBATION.

J'ai lu, par ordre de Monseigneur le Garde des Sceaux, l'*Oraison funebre de Marie Thérese, Archiduchesse d'Autriche, &c.* par Monseigneur l'Evêque de Blois. Cet éloquent Eloge d'une Impératrice à jamais célebre par l'éclat de ses vertus, m'a paru répondre à la grandeur de son sujet, & devoir remplir l'attente du Public. Je n'y ai rien trouvé qui pût en empêcher l'impression.

A Paris, ce 26 Mai 1781.

CHEVREUIL.

BIBLIOTHEQUE NATIONALE DE FRANCE
3 7531 04324557 1

www.ingramcontent.com/pod-product-compliance
Ingram Content Group UK Ltd.
Pitfield, Milton Keynes, MK11 3LW, UK
UKHW020209200726
13856UKWH00004B/1270

9 782011 92716